赤川次郎

霧にたたずむ花嫁

実業之日本社

実業之日本社文庫

目次

カリスマ花嫁の誇り

プロローグ

パイプオルガンの壮大な響きが、教会の広い空間を埋め尽くして鳴り渡った。

正面の祭壇へ真直《まっす》ぐに続くバージンロードを花嫁が静かに進んで来る。

「凄《すご》いヴェール！」

と、神田聡子《かんださとこ》が声を上げた。「何十メートルある？　カーテン作ったら、家三軒分はあるね」

「変な計算しないのよ」

と、塚川亜由美《つかがわあゆみ》は苦笑して、「でも、さすがにきれいね」

「ワン」

と、ダックスフントのドン・ファンが同意した。

レギュラーメンバーの三人。別に結婚式に参列しているわけではない。

いつもの、塚川家二階の亜由美の部屋で、パソコン画面で、その結婚式の生中継を見ているのである。

「ウエディングドレス、特注でしょ」

と、聡子が言った。「私だって、特別に作ってくれたら、あれぐらいは……」

「そんなところで対抗意識持たないの」

と、亜由美は言った。「要は本人が幸せならいいんじゃないの」

「そりゃそうだけど……」

そこへ、ドアが開いて、母の清美《きよみ》が入って来た。

「コーヒー、いれたわよ」

「すみません、いつも」

と、聡子が立って行って、盆を受け取った。

清美はパソコン画面へ目をやって、

「亜由美もいつかこういうことになるのかしらね」

「お母さん、それってプレッシャーかけてる？」

「まさか。プレッシャーかけたってむだな人間っているもんよ」

「嫌みだ」

それにしても――有名スターとか、どこかの王族とかの結婚式ではない、「一般人」の挙式がＴＶで生中継されるって珍しい、と亜由美は思った。

もちろん、一般人といっても有名人ではある。――花嫁は〈ブライダルのカリスマ〉として知られる大橋《おおはし》あかり。

〈ブライダルコンサルタント〉という、本来地味な職業なのだが、知的な雰囲気の美女でもあり、何か国語も自由に話し、講演会も常に満員になる人気者になってしまった。

TVにもしばしば顔を出し、男性と食事すれば週刊誌に書き立てられる。

その大橋あかりが、三十五歳の今、自身、花嫁としてバージンロードを歩いている。

「このTV局の独占中継なんだよね」

と、聡子が言った。「きっと式の費用ぐらい中継料で出るね」

「そんなこと考える？　だって相手は……誰だっけ？」

「どこかの御曹子でしょ」

するとと清美が、

「〈K工業グループ〉の取締役よ。刈谷《かりや》三郎《さぶろう》」

と言った。

「お母さんが何でそんなこと知ってるの？」

と、亜由美が呆《あき》れて言った。

「いつか雑誌で見たわ。三十代独身っていうんで、亜由美にどうかしらと思ったから、憶《おぼ》えてるのよ」

「どうかしら、って、知り合いでもないのに」

「人の縁は分らないものですよ」

と、清美は言った。「もしかしたら、あんたの好きな殺人事件が起るかも」

「別に好きじゃないわよ」

と、亜由美は顔をしかめた。

「好きじゃないのに、どうしていつも巻き込まれてるの？」

「お母さんの言う通り！」

と、聡子が拍手した。「私まで、度々命を狙われてる」

「ワン」

「何よ！　ドン・ファンよ、お前もか！」

と、シーザーよろしく嘆いてみせた亜由美だったが――。

「へえ！　結婚指輪が10カラットのダイヤモンドだって！」

聡子はＴＶ中継の女性アナウンサーの言葉の方に、耳が行っていた。

亜由美も中継の画面を見ながら、

「どう見たって、人を殺しそうもないよ、この人」

と言った。

「そうねえ」

と、清美が肯《うなず》いて、「少々不満なことがあっても、お金が余るほどあれば、たいていのことは我慢できるもんよね」

「突然リアリストになったのね」

と、亜由美がからかうと、

「うちはお金がないから、大変よ」

「あら、それにしちゃお父さんと仲がいいじゃない」

「そりゃ愛し合ってるもの」

よく言うよ……。

亜由美は生中継の画面に目をやった。

そう。――こんな人と知り合いになるなんてこと、まずないよね。

ましてや、殺人事件に巻き込まれるなんて……。

「ねえ、ドン・ファン」

「クゥーン……」

ドン・ファンは、何だか分らないなりに、亜由美の方へ寄って来て、いつもの甘えた声を出すと、亜由美の足に鼻をこすりつけた。

「ちょっと、くすぐったいでしょ！」

と、亜由美は苦笑した。

画面では、花婿と花嫁がキスしていた。

パイプオルガンの伴奏付きのキス。

「盛り上げてくれるわね」

と、亜由美は呟《つぶや》いたのだった……。

1　エスコート

午後六時。

「どうしよう……」

亜由美は迷っていた。——通っている大学の准教授の谷山《たにやま》と、待ち合せていたのだが、メールが入って、

〈突然の教授会で、遅くなる！　ゴメン！　どこかで食事してて。八時ごろには行けると思う〉

ということだった。

大学の先生と学生、といっても、怪しい関係ではなく、独身の谷山と、れっきとした恋人同士である。

「八時か……。いくら何でもお腹空《なかす》くな」

待っているのは構わないとして、やはり何か食べておかないと……。

でも、谷山も食事しないで来るだろうから、本格的に食事してしまうのもなあ……。

ホテルの中のカフェで、軽くサンドイッチでも食べておこう。

そう決めると、ロビーからカフェへと通路を歩き出した。

谷山と、いつもこんな所で会っているわけではないのだが、今日は珍しく、

「あのホテルのフレンチはおいしいんだ！」

と、谷山が言い出したのだ。

カフェに行く途中で、そのフレンチレストランの前を通る。——ここで食べられるのかしら？

ちょっとお洒落《しゃれ》して来た亜由美としては、ホテルの隣のファミレスで食べる、なんてことにはなってほしくなかった。

そのレストランをチラッと横目で見ながら通り過ぎようとすると——。

亜由美はいきなりそばへ寄って来た男に、腕を取られてびっくりした。

「何ですか？」

と言うと、

「頼む！　ちょっと付合ってくれ！」

と、男が言った。

「あの——」

「中に入ろう」

わけの分らない内に、そのフレンチレストランの中へ連れて行かれてしまう。

店の支配人らしい蝶《ちょう》ネクタイの男性が、飛んで来ると、

「これは刈谷様！　お待ちしておりました」

「ちょっと早かったかな」

「いえいえ、大丈夫でございます。静かな個室をご用意しております」

何だか、高級店の雰囲気の中で騒ぐわけにもいかず、亜由美は引張られるままに、奥の個室に案内された。

ドアが閉って二人になると、

「どういうことですか？」

「すまない。迷惑だろうけど――」

「怒っちゃいませんけど、説明してくれないと」

何しろ、色々事件にぶつかって来た亜由美である。少々のことでは驚かない。

「うん。――もう少しすると、ここへ僕の妻がやって来る」

「奥さんが？」

亜由美の目にも、その男のスーツは、超高級品と分った。谷山だって、安物を着てはいないが、こちらは大分レベルが違う。

「待って下さい」

と、亜由美は言った。「もしかして、私、あなたの彼女の身替りですか？」

「まあ……早く言えばそうだ」

「冗談じゃないですよ。奥さんに恨まれる役なんて！」

「いや、面倒なことにはならないよ」

と、男は言った。「今さら、妻がここへ来るのは止められない。でも、やって来たら、僕がすぐ妻と外へ出て行くから、大丈夫」

「そんな……。私、どうしたらいいんですか？」

「うん、君はここでフレンチのフルコースを食べて行ってくれ。ちゃんと支払いもしておくから」

「結構です！　こんな所で一人で食事したって、ちっともおいしくない」

と、亜由美は言って、「――刈谷さんっていうんですか？」

さっき店の人がそう呼んでいた。

「うん、刈谷三郎というんだ。よろしく」

「よろしく」もないもんだ！

でも、どこかで聞いたことのある名前のような……。

「僕を知ってる？」

「知り合いじゃないと思いますけど」

「そうだろうね。たぶん、君が知ってるのは妻の方だろ」

「奥さんを？」

「大橋あかりというんだ」

亜由美は絶句した。――あの〈ブライダルのカリスマ〉だ！

しかも、その夫が――。

「TVの生中継、見ました、結婚式の」

と、亜由美は言った。「あれって……ひと月前くらいじゃないですか？」

「二か月前だ」

大して違わない。

「たった二か月で……。ここで誰か若い女の子と食事することになってたんですか？」

「まあね」

平然としている刈谷三郎に、亜由美は呆れるばかりだった。刈谷はニヤリと笑って、

「だから大丈夫。分るだろ？　妻のあかりは冷静沈着な女だ。こういう所で取り乱したりしないよ」

「そんなこと請け合われても……。ともかく、私、奥様がみえる前に失礼します」

と立ち上ったが、その瞬間、個室のドアが開いて、そこに立っていたのは、〈ブ

ライダルのカリスマ〉の当人だった。

「――やあ」

と、刈谷は顔を向けて、「早かったね。もう少しかかるかと思ったよ」

しかし、あかりは、夫の言葉が全く耳に入っていない様子で、

「この子なのね」

と、亜由美をにらんでいたと思うと――。

腕にかけていたバッグを放り出して、

「人の夫に手を出すと、どういうことになるか、分ってる？」

と言うなり、亜由美の方へ大股にやって来たのだ。

亜由美はあわてて立ち上った。

「違うんです！　これは――」

「許さない！」

あかりがつかみかかって来るのを、何とかよけた亜由美は、

「失礼します！」

と、ひと言、個室から飛び出した。

目の前にいたウエイターを突き飛ばして、レストランを出ると、ロビーへと駆けて行く。

　——どこが「冷静沈着」なのよ！


「あの大橋あかりが？」

　話を聞いて、神田聡子が目を丸くする。

「ひどい目にあったわよ」

　と、亜由美は言った。「おかげでフレンチは食べそこなうし、谷山先生は三時間もしてからやって来て、結局ホテルのコーヒーハウスでカレー食べた」

「災難だね」

「笑うな」

　——大学の学食で、昼食をとっている二人だった。

「それにしても、〈ブライダルのカリスマ〉が、結婚二か月で、夫の浮気で怒り狂ってるわけ？」

　と、聡子が呆れる。

「それだけ、男なんて結婚してみなきゃ分らないってことよ」

「亜由美だって、結婚したことないじゃないの」

「そうよ。でも、結婚してガラッと変る男かどうかはピンと来る」

「怪しいもんだ」

と、聡子が笑って言った。

すると、学食へ入って来た顔見知りの女子学生が、

「亜由美」

と、声をかけて来た。「お客さんよ」

「え？　――お客？」

「この外で待ってるわ。ね、どこで知り合ったの？　今度紹介してよ」

「何の話？」

学食の入口の方へ目をやった亜由美はギョッとした。

そこに立って中を覗《のぞ》いていたのは、当の〈カリスマ〉、大橋あかりだったのである。

まさか、ここまで追いかけて来た？

しかし、今日の大橋あかりは、亜由美と目が合うと、ニッコリ笑って会釈した。

あれなら、追い回されることはなさそうだ……。

――学食を出ると、落ちついたワインカラーのスーツを着た大橋あかりは、

「ゆうべは失礼しました」

と、深々と頭を下げた。

「いえ、別に……」

「夫とはゆうべ初めてお会いになったのね」

「そうです。納得していただけましたか？」

「ええ、分りました。夫と会う予定だった女の子は、私が行くと分っていた夫のメールで、よそで待機していたようで」

「大変ですね」

としか言えない。

しかし、わざわざ大学まで何しに来たのだろう？

「ちょっと時間をいただける？」

と、あかりは言った。

「あ……。でも講義が……」

「お願い。そうお手間は取らせないわ」

頼んでいるという口調ではない。自分の願いは聞いてくれて当り前という気持がにじみ出ている。

「そこに車を待たせてあるの。行きましょ」

と、あかりはさっさと歩き出したが、亜由美がついて来ないので、「――どうかして？」

と、足を止めて振り向いた。

「人の都合を確かめもせずに、時間を取れというのは、人間として基本的なマナーに反していると思います」

と、亜由美は言った。「私は学生ですから講義に出ることが大切なんです。では、これで」

会釈して、亜由美は学食の中へと戻って行った。

入口の所まで出て来て、やりとりを聞いていた聡子は、

「亜由美！　あんたは偉い！」

「当り前のことを言っただけよ」

と、亜由美は肩をすくめた。「もうランチのトレイ、返しちゃった？　じゃ、コーヒーでも飲もうか」

「うん。——でも、亜由美」

「何？」

「そんなに大切な講義をよくサボってるじゃない？」

亜由美は聡子をにらんで、

「分ってるわよ、そんなこと！　でも、向うがあんまり勝手だから——」

「もちろん、そうよ。でも、ちょっと惜しくない？」

「ちっとも」

亜由美はカウンターへ行って、「コーヒー下さい！」

好奇心というものは人並みに——いや、人の何倍も持ち合せている亜由美である。大橋あかりが何の用で会いに来たのか、気にならないわけじゃない。しかも、後で聞くと、「待っていた車」というのがロールスロイスだったというから……。

それでも、有名人にありがちな、「私は特別」という態度がいやなことに変りはない。

どっちにしろ、あんな〈ブライダルのカリスマ〉と友達になるわけもないのだから。

「——ただいま」

家へ帰って、玄関に女性の靴を見たが、何も考えずに居間へ顔を出すと——。

「お帰りなさい」

ソファに座っていたのは、大橋あかりだったのである。

「大分お待ちになったのよ」

と、母の清美が言った。

「いえ、私が勝手にお邪魔してるんですから」

と、あかりは言った。「どうぞ、着替えてらして。お待ちしているから」

「分りました」

亜由美も、別にあかりと喧嘩《けんか》したいわけではない。

居間へ入っていくと、

「今日はありがとう」

と、あかりが言った。「私なんか、特別な人間でもないのに、何だか誰でも私に会いたがってるみたいな気がして。——亜由美さんにああ言われてハッとしたわ」

「いえ……」

「今は電車とバスでやって来たの」

と、あかりは微笑《ほほえ》んだ。「あなたのことは知り合いから聞いたの。不死身のスーパーヒロインだって」

「誰がそんなこと……」

クラーク・ケントじゃないんだ。パッとスーパーマンに変身するわけではない。

清美が紅茶をいれて来ると、その香りに誘われるように、ドン・ファンが居間へ入って来た。

「まあ、きれいな犬」

と、あかりの声が弾んだ。

「ドン・ファンといいます。ご挨拶しな」

「クゥーン……」

と、ドン・ファンがあかりを見上げて鳴いた。

「ありがとう」

あかりはしみじみとした口調で言うと、ドン・ファンの頭をそっと撫《な》でた。

「大橋さん――。刈谷さん、ですかね」

「あかりと呼んでちょうだい」

と、亜由美を見るその目は、なぜか潤んでいた。

「あかりさん……。私にどんなご用が？」

「ゆうべはおかしかったでしょうね」

と、あかりは淡々と言った。「結婚二か月で、それも〈ブライダルコンサルタント〉という仕事をしている私が、夫の浮気相手を追い回すなんてね」

「まあ……。でも、あかりさんは〈結婚式〉のコンサルタントで、〈結婚生活〉のコンサルタントじゃないでしょ？　結婚してみないと分らないことって、沢山あると思いますから」

「まあ、やさしい言葉ね。私があなただったら、友達と大笑いしてるところだわ」

実際そうしていたので、亜由美もそれ以上言わなかった。

「ただね――」

と、あかりが紅茶を一口飲んで、「まあ、おいしい！　ご主人にこんな紅茶をいれてあげられるって、すてきなことですね」

と、清美に向って言った。

「どういたしまして」

と、清美が言った。「私は夫にいれてあげません。全く同じように夫が自分でいれられるように仕込みました」

あかりは大きく肯いて、

「それこそ愛情ですね。すばらしいわ」

「どなたからもそう言われます」

「お母さん、調子に乗り過ぎ」

と、亜由美はにらんだ。

あかりは声を上げて笑うと、

「すてきな親子関係ですね！　私もこんな娘が持てたら……。無理だと思いますけど」

「何でしたら、これをお売りしますけど」

「お母さん！」

「それでね、亜由美さん」

と、あかりが話を戻して、「でも実のところ、ゆうべの私は演技していたの」

「というと？」

「もちろん、夫が浮気していたら腹が立つわ。でも、付合の広い人だし、若い女性の友人がいても一向に構わないと思ってる。私だって、仕事を持ってるから、男性のお友達も何人もいるわ。でも、夫の場合は……」

あかりはちょっと息をついて、「付合った相手の女の子が殺されるかもしれないの」

「は？」

突然、「殺される」という言葉を聞いて、亜由美はびっくりした。

「殺されるって、どういうことですか？」

「それを調べてもらえないかしらと思ってやって来たの」

と、あかりは真剣な口調で言った。「私が犯人にされたりしたらたまらないもの。亜由美さん、ぜひ力を貸してちょうだい」

身をのり出して頼んで来るあかりに、亜由美はしばし言葉を失っていた……。

2 危険なアルバイト

「どうして？」

と、神田聡子が言った。「どうして、いつも私を物騒なことに巻き込むの？」

「そりゃ、聡子が親友だからよ」

亜由美にアッサリ言われると、聡子も何とも言い返せなくなってしまう。

「ね？ もし、私の身に何かあったら、聡子は一生悔むでしょ？ あのとき、どうして一緒に行ってやらなかったのかしら、って」

「悔まない」

と、即座に返す。「巻き添え食わなくて良かった、って思うわ」

それを聞いて、ドン・ファンが、

「ワン」

と吠《ほ》えた。

今さらそんなこと言ってて、どうするんだ！ ——翻訳すれば、そうなろうか。

現に、今、亜由美と聡子、ドン・ファンの三人組は、大橋あかりが回してくれた車に乗っていたのだから……。

大学の試験休みと連休がつながって、ほぼ一週間の休みがあり、結局あかりに誘われるまま、

「刈谷一族の持っている島があるの」

という話にもつられて、出かけることにしたのだった……。

「それにしてもさ」

と、聡子が車の外へ目をやって、「島に行くのに、海から遠くなってない？」

「まあね……。でも、島っていっても、ただ名前だけかも」

すると、車は停《と》まった。

目の前は超高層のオフィスビルである。

「ああ、ここが〈K工業〉のビルか」

と、車を降りて見上げた亜由美に、

「塚川さんですね」

と、やって来たのはスーツ姿の青年で、「中へどうぞ」

「この中が島？」

「いえ、屋上のヘリポートからヘリコプターで行きます」

ヘリコプター！　そこまでは考えなかった……。

聡子が不安げに、

「落ちませんか？」

と訊《き》いた。

「ええ。たぶん」

と答えて、秘書はちょっと笑うと、「大丈夫ですよ。もう何度も乗ってますが、落ちたことはありません」

「あったら大変ですよね」

と、亜由美は言って、「聡子、遺書、書いとく？」

「もう！　人のことからかって！」

二人のやり取りを聞いて、秘書は、

「いや、愉快な方たちですね。――これが直通で屋上まで行きます」

と、端のエレベーターのボタンを押す。「僕は松田《まつだ》といいます。刈谷三郎の秘書をしています」

「よろしく」

亜由美は自己紹介して、聡子とドン・ファンを紹介した。

「――すみません、犬まで一緒で」

「いや、伺っていましたから、あかりさんから。それに僕も犬は好きです」

話している内に、ノンストップのエレベーターは屋上に着いていた。

屋上のヘリポートには、すでにヘリコプターが待機している。

亜由美も救急用のヘリには乗ったことがあるが、このヘリは〈自家用〉なのだろう、少し大型で、中も広々としている。

「では、僕はここで」

と、松田が言った。

「松田さんは乗らないんですか？」

と、座席でベルトをしながら亜由美が訊いた。

「ええ。――落ちるのが怖くて」

と、真顔で言ってから、松田は笑って、「行ってらっしゃい！」

と、手を振った。

「――愉快な人ね」

と、聡子が言った。「私の好み」

「聡子はすぐそういう目で見る」

「じゃ、亜由美はどういう目で見るの？」

「いい給料もらってんだろうなって。着てるスーツ、高そうだった」

「つまんない奴《やつ》！」

「ワン」

「ね、ドン・ファン」

くだらないやりとりも、多少は空の旅をする前の緊張のせいだったかもしれない。

しかし――もちろん、亜由美たちを乗せたヘリは、途中墜落することもなく、青い海原《うなばら》を見下ろしながら飛んで、刈谷家の〈島〉へと着いたのである……。


「お兄ちゃん」

呼ぶ声は、兄の耳に届かなかった。

兄、哲司《てつじ》はせっせとポンプの修理に汗を流していたのだ。

仕方なく、レナは地下室への階段を下りて行って、

「お兄ちゃん！」

と、大声で呼んだ。

びっくりした哲司は、あわてて立ち上ろうとして、頭の上の配管にしたたか頭をぶつけてしまった。銅の太いパイプが、「ゴーン」とお寺の鐘みたいな音をたてた。

「いてて……」

と、うずくまる哲司を見て、レナはふき出しそうになったが、

「――大丈夫？」

と、何とか笑いをこらえて言った。

「お前……。いきなり大声出すから……」

と、哲司は頭を抱えて、「おお痛え……」

「ちゃんと上から呼んだんだよ」

と、レナは言った。

「そうか？　聞こえなかった」

と、哲司は言って、「何か用だったのか」

「だから来たのよ。お客さんを乗せたヘリが、もうじき着くわ」

「ああ、あかりさんが言ってた女子大生だな」

「そう、女子大生二人、それと犬が一匹」

「犬？　何だ、それ？」

「よく知らないけど、鼻がきくんじゃない？」

「犬の名探偵か？　猫なら聞いたことあるけどな。――じゃ、客用のベッドルームを」

「もう仕度したわ。ワンちゃん用に毛布をベッドの足下に。どんな好みか分らないけど」

「で、俺に何の用だ？」

「三郎さんが、庭の噴水を使えるか、調べといてくれって。お客に自慢したいんでしょ」

「分った。水を出してみりゃ分る。大丈夫だと思うけどな」

「念のためよ。点検して」

「行くよ。もう、ここは済んだ」

哲司は、ぶつけた頭をそっとさすりながら、「こぶになりそうだ」

「血が出てる？」

「いや、それはないだろ」

二人は、地下室から階段を上って行った。

――尾崎《おざき》哲司は二十六歳。妹のレナは二十歳である。

二人はこの刈谷家の所有する〈島〉の管理を任されていた。

この島に建つ館は、白亜の豪邸である。しかし、刈谷家の一族は誰もが多忙で、ここを使うのはせいぜい月に一、二度。

常に屋敷を掃除し、いつでも使えるような状態にしておくのは大変なことだ。

ひと通り、掃除機やワックスで邸内をきれいにするだけで、レナの一日はほぼ潰れる。

哲司は、絶えずどこかで切れている電球を交換したり、発電機や空調の点検に駆け回っている。

誰かがここを使うときは、三日前に連絡がある決りになっていたが、そこは雇い主の気紛れで、突然ヘリでやって来ることもある。

突然の来訪にも、あわてず対応しなければならない。

「——今日は久しぶりだな」

と、哲司が言った。「一族のみんなが集まるんだろ」

「弘士《ひろし》様の七十五歳のお誕生日祝いですって。皆さん、来ないわけにいかないでしょ」

と、レナは言って、「私、キッチンのお手伝いしないと。噴水の方、お願いね」

「ああ、任せろ」

広い玄関ホールで、兄妹は別々の方へと足取りを速めた。

一旦、キッチンの方へ行きかけたレナは、

「あ、そうだ」

と、足を止めると、ホールへ戻って、広い階段を急いで上って行った。

「忘れるところだった……」

と呟きつつ、二階の廊下を奥へと急ぐ。

廊下の両側にズラッとドアが並んで、そこは一つずつがベッドルームになっている。むろん、刈谷一族のものでもあるし、ここへやって来る客のための部屋でもあった。

奥の両開きのドアを開けると、さらに数段上る階段があり、その先は刈谷弘士の部屋だった。

刈谷弘士。七十五歳の誕生日を迎える、〈K工業グループ〉の会長である。つまり、刈谷一族のトップなのだ。

ドアをノックすると、

「弘士様」

と、レナは声をかけた。「弘士様。よろしいでしょうか」

返事がないので、レナはドアを開けてみた。

広々とした居間があり、その奥がベッドルーム。ドアが開いていて、かすかにシャワーの音が聞こえていた。

こんな時間にシャワーなんて、珍しい……。

でも、ここで働いて、レナは「お金持」というのがいかに気紛れな生きものか承知していた。

むろん、ここに泊るのは月に何日あるかというところだが、夜中の二時三時に呼ばれて、

「お茶漬を頼む」

と言われることもあるし、夜が明けない内から、

「体操するから付合え」

と言いつけられることもある。

いつでも、呼ばれたら飛び起きて駆けつけなくてはならない。その代り、兄と二人、この館で生活して、給料も悪くない。

両親を亡くした兄妹にとって、会長の刈谷弘士は「救い主」と言っても良かったのである……。

ベッドルームの方へ入ると、奥のバスルームから、シャワーの音がしていた。

レナは、クローゼットを開けて、手早く弘士の部屋着を取り出した。

レナは弘士の服の好みが大方呑《の》み込めている。気に入らなければ、自分で違うものを出すだろう。

特大のベッドの上に、部屋着を並べると、「これでよし、と……」

後はキッチンで食事の仕度を手伝うのだ。

ベッドルームを出ようとすると、バスルームのドアが開いた。

「ああ……。やっと目が覚めた」

と、弘士が伸びをしながら出て来て、「やあ、いたのか」

と、レナに笑顔を見せる。

「あの……失礼しました」

レナはあわてて顔を伏せた。

弘士はバスローブをはおっていたが、前が開いたままだったのだ。もちろん下は裸のまま。

弘士は白髪の、年齢の割にはスラリとした長身の紳士である。レナにも、まるで孫のようにやさしく接してくれる。

レナが赤くなっているのを見て、弘士は戸惑っている様子だったが、

「ああ、そうか！」

と、急いでバスローブの前を合せて、「ごめん、ごめん。しかし、こんな年寄の裸でも、見ると恥ずかしいか」

と笑った。

「いえ、あの……」

どう言っていいか分らずにいると、

「ちょっと汗をかいてね。下着も出してくれないか」

「かしこまりました！」

パンツやシャツを出してベッドに置くと、

「あの――私、キッチンの方へ」

「うん、構わんよ。今夜は客が何人も来る。忙しいと思うが、よろしく頼む」

「かしこまりました」

と、レナは言って、「ヘリでおいでの方だけではないのですか?」

と訊いた。

「聞いてなかったか?　キッチンの方は分っていると思うよ。夕方、船が着く」

「そうですか。じゃ、にぎやかな会に――」

と言いかけて、「お誕生日、おめでとうございます!」

「ありがとう。お前は今いくつだったかな」

「私は二十歳です」

「そうか!　自分の二十歳だったころなど、さっぱり思い出せんな」

と、弘士は言った。

「でも、弘士様は本当にお元気で、とてもお年齢《とし》に見えません」

弘士は笑って、

「そういうお世辞を覚えるのはいけない。お前はここへ来たころのままでいてくれ」

弘士はバスローブを脱いで、下着を身につけた。

レナはあわててベッドルームから出て行った。

少し間があって、円形の池の中央から、噴水が上った。

スイッチを押す。

「──うん、大丈夫だな」

と、哲司は肯いて、水を止めた。

「おい、哲司」

という声に振り向く。

「克彦《かつひこ》様。噴水の点検を三郎様が──」

「うん、分ってる」

刈谷克彦は弘士の長男である。今四十歳。〈K工業〉の社長のポストにいる。

父親と反対に、かなりお腹が出た「昔風の社長」という体型。

「おい、哲司」

と、克彦が言った。「今夜は船で客が何人も来るぞ」

「そうですか。レナは知ってるのかな」

「大丈夫。キッチンはちゃんとその仕度をしてるさ。それより──」

と、克彦は哲司の肩に手をかけると、「ちょっとやってほしいことがある」

「はあ、何でしょう?」

「今夜のパーティの余興みたいなもんだ。手伝ってくれ」

「分りました。何をすれば——」

「金《かね》の雨を降らせる」

克彦の言葉に、哲司は目を丸くした。

そのとき、ヘリコプターの音が近付いて来た。

「あかりさんの招いた客だな」

と、克彦は言った。「女子大生だそうだ。可愛《かわい》い子だといいけどな」

「はあ……」

亜由美たちを乗せたヘリコプターが、広い庭の芝生へと降りて来た。

3 表と裏と

波が穏やかなせいもあって、〈船〉はほとんど揺れなかった。

「助かったわ。私、すぐ船に酔っちゃうの。これぐらい静かだと……」

声が大きいのは、無意識だろうか。それとも、いつもTVのバラエティ番組で、目立とうとして大きな声を出しているからなのか……。

そんなことを考えていると、

「あの子、マリナね」

と、隣に座っていた女性が言った。「声が大きい」

「同感」

と、佐久《さく》は笑って、「ちょうどそう考えてたんだ」

「マリナも、今大変ですものね。グループは卒業したけど、一人でやっていけるかどうか、微妙なところで」

コートの襟を立てて、「やっぱり海の上は風が冷たいわね」

「もう、二十五、六だろ?」

「マリナ? 二十八よ。今年、二十九になるんじゃない?」

「そうか。ついこの間、十代でデビューしてたと思ったら……」

そう言って、「僕は佐久仁志《ひとし》。あなたの顔、見たことあるな」

「野沢《のざわ》さつき。アナウンサーです」

と、軽く会釈する。

「ああ、それでTVで見てるんだ」

と、佐久は肯いて、「刈谷さんの会には……」

「司会を頼まれて」

「なるほど。刈谷さんを知ってるの？」

「インタビューをしたことがあって」

と、野沢さつきは言った。「それで憶えてて下さったみたい」

「司会か。やっぱりプロがやると違うものな」

「でも――」

と、さつきは話を変えて、「ボートで〈島〉まで、と聞いてたので、小さなモーターボートかと思ってた。お金持なのね」

いわゆる〈ヨット〉とも呼ばれるが、小さな客船に近い、立派な船である。

「――お誕生日だからって、こんなに派手にやるなんてね」

と、さつきは首を振って、「司会のギャラも、相場の何倍もいただけるから、文句はないけど」

「他の連中は知ってる？」

船には、二人の他にも、少なくとも十人近くが乗っていた。

「あの島ね！」

と、マリナが、ほとんど叫ぶような声を上げた。

前方に、緑に覆われた巨大な岩山のような島が見えて来ていた。

乗っている他の面々も、腰を浮かして前方を眺めた。

「——佐久さんでしたっけ？」

と、さつきが言った。「失礼ですけど、どういうお仕事で？」

「無職」

と、佐久は即座に言った。「刈谷さんの個人的な知り合いでね」

「そうですか。じゃ、あの島には前にも行かれてるんですか？」

「何度かね」

と、佐久は肯いて、「三回ぐらいかな。大体、刈谷家の人たちは忙しくて、めったに行かないんだ」

「もったいない話ですね」

「でも、海外の客とか、もてなす必要のある連中は、あの島へ招《よ》ぶんだ。みんな度肝を抜かれる」

「ビジネスですね」

「今日は、刈谷弘士さんの七十五歳だろ？　当然、一族が集まるだろうな。僕も会ったことがない。弘士さんにもね」

「グループの総帥ですね」

「それにしても」

と、佐久はちょっと声を抑えて、「マリナがどうして？」

「パーティに芸能人を呼ぶのは珍しくありませんよ」

と、さつきは言った。「話の種というのかしら」

「歌でも歌うのかな」

「でも、あの子のソロは、ちょっと……」

と、さつきは首を振った。

沖へ出て来たせいか、少し波が大きくなって、船がゆっくりと揺れた。

「もう少しですね」

と、さつきがコートの前をギュッと合せると、

「やあ」

後ろから、席を立って来た男性が、さつきに声をかけた。

「あら、気が付かなかったわ」

と、さつきは言った。

上等なスーツにネクタイの中年男。人当りの良さそうなタイプだ。

「こちら、伍代治男《ごだいはるお》さん。映画のプロデューサーなの」

と、さつきが紹介した。

「よろしく」

伍代は佐久に名刺を渡した。

「いつ乗って来たの？」

と、さつきが訊いた。

「船が出るぎりぎりに駆け込んだんだ」

「それで見かけなかったのね。――一人？」

「いや、ちょっと……。後で紹介するよ」

と、伍代は思わせぶりに言った。

さつきが振り返ると、奥まった席に、サングラスをかけ、マスクをした女性の姿が見えた。あれが伍代の連れなのだろう。

そのとき、

「皆様、お疲れさまでした」

という男性のアナウンスが流れた。「間もなく、刈谷家の別荘の島に到着します」

「あの声、誰かしら？」

と、さつきが言った。

「松田だよ」

と、佐久が言った。「刈谷三郎さんの秘書さ」

「ああ、これに乗るとき、案内してくれた人ね」

「――島の近くは多少波が高くなります」

と、アナウンスは続けた。「船が揺れますので、早めにお立ちになったりしないようにお願いします。船が接岸しましたら、揺れはほとんどありませんので、安全に降りていただけます」

さつきは深く呼吸して、

「いよいよね！　楽しみだわ！」

と言った。

プロのアナウンサーのよく通る声は、船に乗った人たちの耳に届いただろう。それはマリナの甲高い大きな声とは違って、心地《ここち》よく響いた。しかし、そんな違いなど気にしないのだろう、マリナも負けじと、

「素敵な一夜になるわ、きっと！」

と、叫ぶように言った。

「わざわざおいでいただいて」

と、あかりが言った。「無理をお願いして申し訳ありません」

「いえ、そんなこと……」

と言いながら、亜由美はそっと聡子の方へ目をやった。

あれこれ文句を言っていた聡子だが、ヘリコプターでこの島までやって来ると、すっかりこの雰囲気に呑まれているようで、不服そうな顔ではなかった。

もちろん、ドン・ファンは至って満足そう（？）に、亜由美の足下に寝そべっていた。

あかりは、やや地味めなスーツを着て、落ちついた印象だった。

「――間もなく、船でこちらへみえる方たちが上陸されます」

と、あかりは言った。「今夜の刈谷弘士さんの七十五歳の誕生日祝いには、弘士さんだけでなく、長男の克彦さんや、主人の三郎さんの招待客も来られます」

一体いくつあるのか分らない客間の一つ、図書室のように、本棚に囲まれた部屋だった。

ドアが開いて、

「失礼いたします」

と、映画によく見る小間使のようなスタイルの女性が、ワゴンを押して入って来た。

「紅茶とクッキーを用意しました」

と、あかりは言った。「この子はレナちゃんといって、この島にいつも住んでいて、管理を任されています」

「ずいぶんお若いですね」

と、亜由美は言った。

「今、二十歳？　――お兄さんが尾崎哲司といって、ここで一緒に暮しているんです」

レナが、紅茶をいれてくれる。香りが部屋に満ちた。

「――あかりさん」

と、亜由美は言った。「私たちのことは、皆さんにどうおっしゃってるんでしょうか」

「私の招待客ということです」

と、あかりが言った。「ただ、塚川亜由美さんが有名なので、〈大学生探偵〉が来ると知っている人もいます。でも、他のお客様には、私の個人的な知り合いということになっています」

「分りました」

話を聞いていたレナが、ドン・ファンに目をとめた。

「まあ、きれいな犬！」

と、目を輝かせている。

「クゥーン……」

ほめられているのが分るのか、ドン・ファンも「ご要望に応えて」、可愛い声を上げる。

「本当に可愛い！」

レナはしゃがみ込むと、ドン・ファンの頭を、そっと撫でた。そして、ハッとして、

「すみません、勝手に触ってしまって」

と立ち上った。

「いいのよ。本人も、可愛い女の子が大好きなの。それで、名前がドン・ファン」

「ぴったりですね」

と、レナはちょっと笑って、「私も、犬か猫が飼いたかった。小さいころですけど」

「おうちで飼えなかったの?」

と、亜由美が訊く。

「兄と私、施設で育ったんです」

と、レナは言った。「犬猫は面倒みる人がいないので、飼えなくて」

「弘士さんが二人を引き取って、ここに住まわせたんです」

と、あかりは言った。「そう聞いてるけど?」

「はい、その通りです」

と、レナは肯いて、「兄と私にとって、弘士様は恩人です」

「とてもよく働いてくれるとおっしゃってたわよ、弘士さん」

「ありがとうございます。私、台所へ戻ります。ワゴンはこのまま置いておいて下さい」

そう言って、レナは客間を出て行った。

「いい子ですね」

と、亜由美が言った。「素直そうで」

「亜由美と違ってね」

と、聡子が口を挟んだ。

亜由美はチラッと聡子をにらんでから、

「あかりさんがおっしゃってた、三郎さんの付合っている女の子が殺されるかもしれないというのは、どういうことなんでしょうか？　私たちで何とかできるとお考えなんですか？」

　と訊いた。

「はっきり説明しなくてごめんなさい」

　と、あかりは言った。「本当のところは、私にもはっきりしたことは分らないの。三郎さんに彼女がいることは間違いない。でも、それが誰なのかは分らないの」

「直接訊いてみたんですか？」

「訊いても、とぼけるだけ。もちろん、結婚するときに、浮気は認めないと言ってあるわ。もともとプレイボーイで有名だった人だから、恋人がいても驚きはしないけど」

「あのとき待ち合せていた相手というのは？」

「分らないの。でも、ただのガールフレンドなのか、恋人なのか……。ともかく、今夜のパーティにその女性が来るはずなの」

「どうして分ったんですか？」

「たまたま、三郎さんのケータイを見たの。メールが入っていた。〈刈谷弘士の誕生日のパーティは、あなたの愛する女性の血で染るだろう〉という文面だったわ」

「そのメールのことを、三郎さんは……」

「もちろん見たでしょう。でも、本気にしていないのか、少しも不安そうな様子は見せなかったわ」

「いたずらとか……」

「そう受け取ったのかもしれませんね。恨んでる女性が少なくないのかも。――でも、私は心配なんです。万一、本当に誰かの血が流れるようなことがあったら、弘士さんがお気の毒だし」

「用心はしてみます」

と、亜由美は言った。「でも、私も聡子もただの女子大生で、ＳＰでもガードマンでもありません。犯行を防げるとは限りませんけど」

「ええ、それはもちろん分ってます」

と、あかりは肯いて、「でも、あなたたちがパーティに来ていることで、その誰かが、犯行を思いとどまってくれるかもしれないでしょう？」

「そんな……。私、シャーロック・ホームズじゃないんですから。それほどの効果はないと思います」

「でも、これまでも、ずいぶん事件を解決して来られたと聞いてるわ。ともかく、パーティでは、少し大げさにお二人のことを紹介させて下さいな」

「はあ……」

「でも、パーティを充分に楽しんでいただいていいんですよ。結構楽しいと思うわ」

「どうも……」

――亜由美たちは、その客間に残って、出してもらったクッキーをつまんでいたが、

「何だかすっきりしないわね」

と、亜由美は言った。

「クッキー、食べ過ぎたんじゃないの？」

「そういう意味じゃないわよ。――あかりさん、私たちを招待した本当の理由を話してないっていう気がしたの。聡子はどう思う？」

「私はあまり深く考えないことにしてるの。なるようにしかならないわ。ね、ドン・ファン？」

「ワン」

と、ドン・ファンが同意した。

「それとね、もう一つ気になってることがある」

と、亜由美が言った。

「パーティの料理のこと?」

「そんなことじゃないわよ！　刈谷弘士さんの息子、長男が確か克彦さんっていうのよね、〈K工業〉の社長で。そしてあかりさんのご主人が三郎さん。——おかしくない?　普通、〈三郎〉って三男の名前でしょ。その間に次男がいてもおかしくない」

「まあ、そうだけど……。今どきそういうのって流行《はや》らないんじゃない?」

「ともかく、克彦さんと三郎さんの間に、もう一人息子がいるんじゃないかって気がするの」

「じゃ、そう訊いてみればいいのに」

「私もそう思う」

「どうして訊かなかったの?」

「だって、今思い付いたんだもの」

「何だ。——大した名探偵ね」

二人は顔を見合せて笑ってしまった。

「——ともかく、パーティではせいぜい名探偵らしく気取ってましょ」

と、亜由美は言った。

4　はみ出し者

「凄いお屋敷ね！」

当然のごとく、大声を上げたのは、マリナである。

広々としたエントランスホール。大理石の床に、明るい照明が映える。

船を降りて案内されて来た一行は、まずこの正面玄関を入って、その雰囲気に呑まれてしまうのだ。

「――いらっしゃいませ」

と、いつの間にか現われたのは――。

「あ！　大橋あかりだ」

と、マリナが遠慮も何もなく、「本物に会えるなんて！　――本物ですよね？」

「ええ。刈谷三郎の妻のあかりです」

と、気を悪くする様子もなく微笑んで、

「皆さんのお荷物はそちらに置いて下さい。お部屋に運ばせますから」

そう言って、傍の哲司の方へ、

「お名前を伺って、荷物に名札をね」

「かしこまりました」

哲司が早速客たちのさげて来た荷物をまとめて、名札を付けて行く。

「――ねえ」

と、野沢さつきが、佐久の方へ、「あんな人、いた?」

目をやった先には、三十代後半ぐらいかと見える男性が、小さなバッグを手に立っていた。

「あれは、最後に乗って来たんだよ」

と、話を耳にして、伍代が言った。「乗ろうかどうしようか、迷ってたようだ」

「誰なの?」

ちょっとうさんくさいような言い方をしてしまうのは、その男が、およそこういう邸宅に似合わない、くたびれた上着とズボンというスタイルだったからだ。

他の面々と同様、珍しげに、ホールを見回していたが、どことなく居心地の悪さを感じているのが見て取れた。

「――そちらは、北原《きたはら》様でいらっしゃいますね」

哲司がその男に声をかけた。「お荷物をお預りいたします」

「ああ……」

北原と呼ばれた男は、小さなバッグを哲司に渡した。

「——そうか」

と、伍代が肯いて、「聞いたことがある。あれは、〈K工業〉の労働組合の委員長だ」

「へえ」

と、佐久が珍しげにその男を見て、「初めて見たな。どうしてそんなのがパーティに？」

「さあ。社員代表ってわけかな」

「それより……。まあ、スターのおいでね」

と、さつきが言ったのは、伍代と一緒にやって来た、サングラスにマスクの女性の顔が現われたからだった。

マリナが当然すぐに反応して、

「わあ！　西田由香里《にしだゆかり》さんだ！」

と、飛び上りそうにして言った。

もちろん、誰の視線も、この一行の中では桁違いに有名なスターに向けられた。

「隠してたのね」

と、さつきが伍代に言った。

「スペシャルゲストってわけさ。もちろん、彼女も、この刈谷家の〈島〉を見たいと言うんでね」

西田由香里は三十代の半ばだろう。映画やＴＶドラマの主役をつとめるスターである。

さすがに、何も言わなくても人をひきつける雰囲気があった。

「――皆様、どうぞこの奥の広間へ」

と、あかりが言った。「船旅でお疲れでしょう。こちらでひと休みされて下さい」

正面の両開きのドアをあかりが開けると、正に「広間」というにふさわしい空間が現われた。

「どうぞお好きな所へおかけ下さい」

と、あかりは言って、「レナちゃん、お飲物を伺って」

「はい」

小間使のスタイルのレナが、思い思いにソファやアームチェアで寛《くつろ》ぐ客たちを回って、飲物を訊いている。

――あかりは、ホールに一人で残っていた北原の方へとやって来て、

「北原さんですね。刈谷あかりです」

と会釈した。「どうぞ中へ」

「いや……」

北原はちょっと渋い表情になって、「こんな所へ来ちゃいけなかった。今から帰れますか?」

「今日は無理ですわ」

と、あかりは言った。「そうおっしゃらずに、中へお入りになって寛いで下さい」

「しかし……こんな男のいる所じゃない」

「どうして? 刈谷家があなたをご招待したのですから、遠慮なさる必要は――」

「遠慮じゃない。逆です。組合員が、わずかの賃金上昇のために闘っているのに、こんなぜいたくをしている経営者一族。僕はどうにも割り切れません」

と、強い口調で言ってから、「――すみません。あなたに言うことじゃなかった」

「構いません、一向に」

「パーティで、刈谷社長にでも食ってかかるかもしれませんよ」

「そういうお気持になられたら、私に食ってかかって下さい」

と、あかりが穏やかに微笑んだ。「ともかく中へ、どうぞ」

北原も、それ以上は言えず、あかりに促されて、広間へと入って行った。

「何かお飲物を」

と、あかりが言った。「何でもありますわ」

「じゃあ……ウイスキーでも。水割りで」

と、北原は言って、入口に近い椅子にかけた。

広間の中では、西田由香里と、そばにベッタリくっついているマリナが目立っていた。

「――どうぞ」

レナが、グラスを北原に差し出した。

「ありがとう」

北原は一口飲んで、「――これがウイスキーの味か」

と、思わず呟いた。

「お気に召しませんか」

と、レナが訊く。

「いや、そうじゃないよ。いいウイスキーってのはこういう味がするのかと思ってね」

と、北原は首を振って、「庶民の口には入らないな」

「よろしければもう一杯――」

「いや、もう結構」

と、空にしたグラスをレナへ渡して、「夜になる前に酔っ払ってしまうよ」

北原の言葉に、レナがつい微笑んだ。

そのとき、広間の入口から、

「よくおいでいただいて」

と、声がした。「刈谷克彦です。今日はわざわざこの〈島〉まで、ようこそ」

太った体には、ゆったりしたガウンが似合っていた。

入口近くにいた北原が、自然と顔を合せることになった。

「やあ、よく来た」

「社長、どうも今日は……」

「ゆっくりして行ってくれ。今日は団交の席じゃないからな」

「はあ……」

刈谷克彦は、西田由香里の所へ真直ぐに向うと、

「おいでいただいて感謝します」

と言った。

「楽しみにしていました。この〈島〉のことは、伍代さんからも聞いていましたので」

と、ソファから立ち上って、スターは会釈した。

「野沢さつきさんですな。今夜は司会をよろしく」

「こちらこそ、よろしくお願いします」

と、さつきが言った。

そして、克彦は客の間をザッと回ると、

「皆さん、それぞれ部屋でひと休みして下さい」

と、見回して言った。「父の誕生日祝いは、午後七時からです。十分前に、各部屋へお電話を入れます」

そして、あかりの方へ、

「他に何かあったかな？」

「いえ。――ただ、ご紹介しておきたい方が」

あかりは、入口に立っていた亜由美たちへ目やって、

「塚川亜由美さんと神田聡子さん、そして足下の美しい犬は、ドン・ファンという名です。塚川さんは、女子大生ですが、犯罪捜査の才能をお持ちです。今夜のパーティで何も起こらないように、おいでいただきました」

何となく拍手が起る。――亜由美たちは照れながら一礼した。

「まさか」

と、マリナが言った。「今夜、何か事件が起るわけじゃないわよね」

「まず、そんなことはないと思います」

と、あかりが言った。「でも万が一、何か企《たくら》んでいる人がいるとしたら、やめて

おいた方がいいと申し上げておきます。こちらの名探偵さんの目が光っているのですからね」

「ワン」

ドン・ファンがタイミングよく吠えたので、みんな笑った。

多少固苦しくなっていた空気が、ドン・ファンのひと声で、ホッとほぐれた。

「では、父はパーティでご挨拶しますので」

と、克彦が言った。「また後ほどお目にかかります」

――亜由美と聡子は、顔を見合せた。

「名探偵さんは、早くも殺人の匂いを?」

と、聡子が言った。

「やめてよ、照れくさい」

あかりが亜由美たちを紹介した言葉には、ユーモアをまじえてはいたが、どこか本気のところがあった。少なくとも、亜由美はそう感じていた。

あかりは本当に今夜のパーティで何か起ると心配しているのだ。

そして、「何か企んでいる人」に向って、「やめておいた方がいい」と警告したのだろう。

それが誰に向けてのものなのかは分らない。いや、あかりも分っていないのかもしれない。

あかりが言った、三郎あてのメールのせいかもしれない。しかし、わざわざ亜由美たちをヘリコプターでこの〈島〉へ連れて来るだろうか？

「お休みになりたい方は、哲司とレナが、お部屋にご案内します」

と、あかりは言った。「なお、ここはホテルではございませんので、お一人一部屋というわけに参りません。ご婦人方はお一人ずつですが、男性の方はお二人でひと部屋をお使い下さい」

マリナがそれを聞いて、

「私、男の人と二人でもいいけど」

と言った……。


「どうだい？」

と、部屋へ入って来た伍代は、中を見回して、「やっぱり、君の部屋は格段に立派だな」

「疲れたわ！」

西田由香里は、広いベッドの上に身を投げ出すようにして、手足を一杯に伸した。

「少し休んどけよ。パーティが本番だからな」

と、伍代は言った。

「もう散々愛想を振りまいたじゃないの」

「肝心の相手はまだだ」

と、伍代はソファにかけると、「いいかい。狙いは一人、刈谷弘士だぜ」

「分ってるわよ」

「何とか、ご機嫌を取って、製作費を出させるんだ。さもないと、君の新作は撮影途中で製作中止ってはめになる」

「冗談じゃないわ。あんなに苦労して撮ったのに」

「だから、何とかして——」

「くり返さなくたって分るわ」

と、由香里は遮った。「でも、プロデューサーのあなたにも責任があるのよ」

「そう言われると……。しかし、あの会社が倒産寸前だったなんて、誰が思う？」

「言いわけは上手ね」

「おい……。頼むよ、君が今日の主役だ」

「何言ってるの。主役は会長さんでしょ」

「そりゃそうだが、招待客の中では、ってことさ」

「心配しないで。ちゃんと自分の役はうまくやってみせるわよ」

と、由香里は言って、「もう行って。少し一人になりたいの」

と、手を振った。

「分った。パーティに行くときは迎えに来るよ」

「あなたはタキシード？」

「一応ね。ちょっと太ったんで、お腹の辺りがきついけど」

「みんな同じような格好でしょうね。――ああ、北原とかいう組合の人？　あの人はタキシードなんか持ってなさそうね」

「どうせパーティじゃ、口をきく相手もいないさ」

「私がダンスのパートナーになってあげようかしら」

「あんな奴、せいぜいフォークダンスぐらいしか知らないだろ。――じゃ、行くよ」

「ええ。――後で」

伍代が出て行くと、由香里はベッドから下りて、奥のドアを開けた。

広いバスルーム。ホテルでもこうはいかないだろうという豪華さである。

「お金って、あるところにはあるのね」

と、由香里は呟いた。

「ご一緒ですね。よろしく」

と、佐久は言った。

「どうも……」

落ちつかない様子で、北原は部屋の中を見回した。

「パーティの前に、ひと風呂浴びるかな。北原さんはどうします？」

「ああ……。いや、私は結構です」

「でも、パーティでは着替えるでしょ？　汗を流しといた方が……」

「着替えなんか持ってません」

「じゃ、パーティにもその格好で？」

「いけませんか」

「いい悪いじゃなくて、パーティに出席するからには、それなりの格好をしなくては、招待してくれた人に失礼ですよ」

「しかし、普通のサラリーマンが、タキシードなんか持ってませんよ」

「待って下さい」

佐久はツインベッドの間のテーブルの電話を取ると、

「——ああ、レナちゃん？　佐久だがね、北原さんのパーティ用の服を用意してあげてくれ。——うん、待ってる」

北原はポカンとしていたが、

「――そんなこと、無理ですよ」

と言った。

「なに、こんなこと、慣れてますよ、この家は」

と、佐久は言った。

「佐久さん……でしたか。刈谷家とはどういうご関係ですか」

「僕ですか？　そうですね……。元社員、かな」

「じゃ、〈K工業〉に？」

「ほんの数か月でしたがね」

「すると今は――」

「何もしてません。まあ……いずれ分りますよ」

と言って、佐久はちょっと片目をつぶって見せた。

五分もしない内に、ドアをノックする音がして、北原が開けると、

「お待たせしました」

レナが立っていた。――ハンガーにかけたタキシードを手にしている。

「これを僕が？」

「お体に合うかどうか、一度着てみていただけますか？　大丈夫だと思うんです

が」

「はあ……」

「シャツ、靴下、エナメル靴、蝶ネクタイ……。カフスボタンも。バスルームで、着替えてみて下さい」

「はあ……」

北原は呆然《ぼうぜん》としているばかりだった。


女性は一人一部屋といっても、亜由美と聡子は同じツインルームに入っていた。ドン・ファンももちろん一緒だ。

「いいベッドだな」

と、聡子は片方のベッドに寝転んで、「持って帰りたい！」

「そんな物、どうやって持ってくの？」

と、亜由美は笑って、「さ、パーティの仕度ね。まだ早いけど、どうする？　シャワーでも浴びる？」

「そうね。海の風に当ってたから、ザッと流した方がいいかも」

ドアをノックする音がして、

「はい」

と、亜由美が出ると、

「お邪魔して申し訳ない」

白髪の紳士が立っている。「塚川さんですな？」

「はい。あの――」

「刈谷弘士です。よろしく」

「よろしくお願いします」

亜由美はちょっと焦って、「ご招待いただいてどうも……」

「いやいや。妙なことだと思うでしょうな」

と、弘士は入って来てドアを閉める。

「お役に立つかどうか……」

「あかりさんが心配してくれましてな」

と、弘士は言った。

「何か、具体的なことがおありですか？　危険を感じさせるような……」

「私にはよく分りません」

と、弘士は首を振って、「しかし、予感のようなものが」

「ご自身のことですか？」

「ええ。――それで、これを持っているのですがね」

弘士が上着のポケットから取り出したのは——小型の拳銃だった。

5　想いの矢印

「そして、〈北原竜也〉様。読みは〈きたはらたつや〉でよろしいですね」

と、野沢さつきは言った。「肩書はどうなります？」

「そうですね」

と、刈谷三郎の秘書、松田紘一《こういち》はちょっと考えて、「まあ北原の名前を呼ぶことはまずないと思いますがね」

「〈K工業〉の労働組合の委員長だそうですね」

「ええ、そうです」

と、松田は肯いた。「しかし、パーティで、まさか組合の委員長とは紹介できませんからね。〈K工業社員代表〉とでもしますか」

「一応伺っておきませんと」

と、さつきは出席者リストの名前に、すべてふりがなを振って、「さっき広間にいた方たちの他にも……」

「六時半ごろ、ヨットで着くのが十五、六人います。その連中は、泊らずに夜遅くにヨットで帰るんです」

「分りました」

――野沢さつきは、司会者として松田と打合せていた。

さつきは大きく息をついて、

「――では、大体のところはよろしいですね」

と言った。「スピーチの順番、乾杯……。西田由香里さんのご挨拶と、弘士様への花束贈呈……。花束の用意は……」

「レナがやってくれます。あの子は若いけど、しっかりしています。大丈夫ですよ」

「安心しました」

と、さつきは微笑んで、「アナウンサーにとって、パーティや結婚式の司会はとてもいいアルバイトって思われてるんです。でも私は気が小さくて、いつもドキドキしてしまうんですよ」

「いや、それがプロってものでしょう」

と、松田は言った。

二人がいるのは、ソファとテーブルだけの小部屋で、レナが持って来てくれた紅茶の香りが漂っていた。

「すばらしいお屋敷ですね」

と、紅茶を飲みながら、さつきは言った。

「まあ、刈谷家の底力といいますかね」

「あの――」

と、さつきは思い付いて、「お客様の中で、佐久仁志様がどういう方なのか……」

「ああ、佐久さんですか」

松田はちょっと微妙な間を置いて、「あの人のことは……。いずれ分りますよ」

「でも――何か失礼があってはいけませんから」

「社長の克彦さんの友人、ということですね」

「でも、お仕事はなさっていないとおっしゃっていましたが」

「ええ、一時〈K工業〉の社員でしたがね。まあ……」

松田はあまり話したくない様子だったので、さつきも、それ以上は訊かなかった。

「――あ、そうそう」

と、さつきは思い出して、「パーティにBGMは？　特に生演奏は入らないのでしょう？」

「そうですね。立食ですし、めいめいに話をしていればいいですから。音楽は却《かえ》って邪魔になります」

「そう伺って安心しました。生演奏があると、どこへ入れるか、気をつかいますから」

「ただ——」

と、松田は付け加えて、「あの、あの子だけは……」

「あの子？」

「マリナです。あの子には一曲歌わせるかもしれません」

「それじゃ……」

「ピアノは会場の隅に置いてあります。いつどうなるか分らないですからね」

「分りました」

さつきはメモして、「でも——マリナちゃんを招んだのは、どなたのアイデアですの？」

「それが、会長なんですよ」

さつきはびっくりして、

「弘士様が？　マリナちゃんのことをご存知なんですか」

「実を言うと、あの子が何とかいうグループに入っていたときからのファンなんです」

と、松田が照れたように笑って、「どこが気に入ってるのか、僕にもさっぱり分らないんですがね」

「まさか、そんなことだったなんて……。もちろん、マリナちゃんのような子は、お年寄にも好かれるのかもしれませんね。本人も分ってるんでしょうか？」

「さあ。——会長はファンクラブには入っておられないと思いますが」

松田のポケットでケータイが鳴って、松田はすぐに、

「三郎様のお呼びなので。ではパーティの席でまた」

と、早口に言って、出て行った。

さつきが廊下へ出ると、ちょうどレナがやって来るところだった。

「紅茶、ごちそうさま」

と、さつきは言った。「打合せは終りました」

「かしこまりました」

「レナさん、一つお願いが」

「何でしょう？」

「私、司会をするので、会場をちょっと見せていただきたいのだけど」

「分りました。じゃ、ご案内します」

廊下の奥、目立たない所にエレベーターがあった。

「会場は一番上の階です。広い宴会場になっていて、外国のお客様をここへご案内したときなどに使われます」

ゆっくりと上って行くエレベーターで、直接そのフロアへ。

「――まあ」

つい、声が出る。

木の香りのする、落ちついた雰囲気の大広間だった。

そこに円いテーブルがいくつか置かれ、料理の準備がされていた。白い上着の男性が何人か忙しく動き回っている。

「立派ね」

と、さつきは言った。「それに、レナさん、あなたが仕切っているの？　神経が行き届いているわ」

「恐れ入ります」

と、レナはちょっと恥ずかしそうに、「弘士様のお祝いの会ですから、失礼があってはいけないと思いまして」

「司会の位置はあそこね」

「よろしいでしょうか？　伺ってから決めれば良かったのですが」

「いえ、あそこで結構」

と、さつきは言った。

「では、私は先に下りています」

レナは多忙なのだろう、さつきを残して、エレベーターで下へ下りて行った。

パーティ前のこういうあわただしい空気が、さつきは好きだった。司会をすると思うと緊張するが、それでも——。

「あら」

さつきは、会場の隅の衝立《ついたて》のかげから出て来たダックスフントを見て、「お一人？」

と、声をかけた。

「どうも」

と言ったのは——もちろん飼主の方だった。

「大学生探偵さんですね」

と、さつきは言った。「私、パーティで司会をするので、その下見に」

「塚川亜由美です。これはドン・ファン」

「ぴったりのお名前だわ。惚《ほ》れ惚《ぼ》れするほどきれいな姿ね」

「ワン」

得たり、とばかりにドン・ファンが吠えた。

「何か起りそうな手掛りでも見付かりまして？」

と、さつきが訊く。

「そんなもの、何もありません」

と、亜由美は首を振って、「よく分からないんです。どうして私たちがここに招ばれたのか」

「でも、あかりさんは――」

「ええ。だけど私たちはただの大学生です。確かに、これまで犯罪捜査に係《かかわ》ったことはあります。でも、それはたまたまのことで」

「あかりさんから少し聞いています」

「ただ――今日、私たちのことを紹介したときのあかりさん、冗談めかしてはいましたけど、どこか本気だって気がしました」

「本気？」

「もし、何か企んでいる人がいたら、やめておいた方が、って言ってるような」

「ああ。――そうですね。私もそう感じたのを憶えてます」

「そうでしょ？　あのとき、あかりさんは、集まったみんなに話しているように見せて、実は、あの中の特定の誰かに話していたんだと思います。具体的な誰かの計画に、警告していたのだと……」

「伺ってると怖くなりますね」

と、さつきは言った。「やっぱり亜由美さんには探偵の素質があるんだわ」

「感じていても、犯行が止められなかったら、探偵の意味がありません」

と、亜由美は言った。「あの衝立のかげが、道具の置場なんです。そこにビデオカメラを置いて、パーティの様子をずっと撮っておこうかと思って」

「拝見したいわ」

亜由美とさつきは、衝立のかげに入った。テーブルが置かれていて、ワイヤレスマイクや、花束が置かれている。

「この隙間からレンズを出して、中の様子を」

「今は小さなカメラでも、きれいに撮れますからね」

と、さつきは言った。「司会者は撮らないで下さいね」

そのとき、エレベーターの扉が開く音がした。衝立の隙間から覗いて、さつきが、

「社長の克彦さんだわ」

一人ではなかった。一緒にエレベーターから出て来たのは、佐久だった。

二人は、亜由美たちのいる衝立の前を通って、大広間の奥の方へと歩いて行った。

「――佐久さんだわ。どういう人なのか」

さつきの話を聞いて、亜由美は、

「色んな人がやって来て。でも、誰がどうなってるのか……」

と、首を振った。

「出て行きましょうか。隠れてるみたいに思われても」

「そうですね」

しかし、亜由美たちは、衝立のかげから出ようとして、足を止めてしまうことになった。

大広間の奥の方に置かれた長椅子に腰をおろした克彦と佐久の様子が——。

「あれって……」

と、亜由美は呟くように言った。「ただの友人じゃないですよね」

ぴったり身を寄せ合った克彦と佐久は、どう見ても「恋人同士」だった。佐久が克彦の肩に頭をもたせかけ、二人はしっかり手を握り合っていたのだ。

「そういうことだったのね……」

と、さつきは息をついて、

「克彦さんって、奥さんもおいでですよね」

「ええ、まだお目にかかっていないけど」

太った克彦に寄り添う佐久は、いかにも恋人という印象だったが——。

仕方なく、亜由美たちはわざと大きな声で話しながら出て行った。

「——やあ、これは」

佐久が少し克彦から離れて、「司会者さんですね」

「会場を拝見しに」

と、さつきは言った。「すばらしいお屋敷ですね」

「父の趣味でね」

と、克彦は言った。「おや、きれいな犬だ」

ドン・ファンに目をやって、

「そのワンちゃんも名探偵なのかな？」

「なかなか役に立ちます」

と、亜由美は言った。

「しかし、今日のパーティは、気心の知れた人間ばかりだ」

と、克彦が言った。「何も起らないと思うがね」

「私もそう願っています」

と、亜由美は言った。

「もちろん、金が絡めば別だ」

「お金ですか」

「親父《おやじ》の金を当てにしてここへ来る者もいるからね」

「でも、パーティで何か起すことはないでしょうね」

「まあね。しかし——映画プロデューサーは常に出資者を捜している」

「それは伍代さんのことですか？」

と、さつきが訊く。

「伍代がどうして西田由香里を連れて来たと思う？」

「出資を頼むために……」

「もちろんだ。大スターの頼みとあれば、断りにくいだろうからね」

克彦の言い方は冷ややかだった。

——亜由美とさつきはエレベーターで下りて行きながら、

「お金を狙って、というなら、あの佐久さんだって……」

と、さつきが言った。

「ええ、私もそう思いました」

と、亜由美は肯いて、「あの佐久という人、ゲイのふりをしているんじゃないでしょうか」

「私の周囲には、ずいぶんゲイの人がいますけど、何となく雰囲気で分ることが多いんです。でも、あの佐久さんには、そういう感じが全くしません」

と、さつきは言った。「もちろん、他人が口を出すことじゃないでしょうけど」

人と人との関係。——そこに「お金」が絡むと、何かが起る可能性も高くなる。

「何も起りませんように……」

と、亜由美が呟くと、ドン・ファンが、

「クゥーン……」

と、同意した。

6　宴

何といっても、目立つのは、

「私、パーティって大好き！」

と、会場のあちこちで言いまくっているマリナだった。

どう見ても、十五、六の女の子向けとしか思えない、可愛いドレスを着ているが、そう不自然にも見えないところが、アイドルたるゆえんだろうか。

「本日はおめでとうございます」

七十五歳の誕生日を祝う人の列が、刈谷弘士の前にできている。

仕切っているのは三郎の秘書、松田だった。

「さすがね」

と、亜由美が言った。

「それって、私のドレス姿を言ってるの？」

と、聡子が言った。

「違うわよ。もちろん、聡子もすてきよ」

「無理しないで」

と言って、二人は一緒に笑った。

「私の言ったのは、司会のさつきさんのこと」

と、亜由美はジンジャーエールのグラスを手に言った。

「ああ、声がよく通るね、さすがに」

アナウンサーらしく、言葉がはっきり聞こえ、淀《よど》みない。

こういう立食のパーティでは、方々で勝手にしゃべっているので、騒がしくなるものだが、その点、さつきは上手《うま》く仕切っていた。

夜のヨットで来たのは、ほとんどが〈K工業〉の仕事上の取引先。

初めの挨拶と乾杯までを短く済ませて、その後、仕事関係の客とのやりとりに当てていた。

その間、会場で目立っていたのが、マリナと西田由香里だった。

料理を食べている間に、「義理でやって来た」面々との挨拶は終り、

「では、特にお忙しい中、おいでいただいた西田由香里様にひと言……」

いわば、ここからが今夜の会の本当のスタートということになる。

「――いかが？」

と、声をかけて来たのは、大橋あかりだった。

「誰が誰やら」

と、亜由美は言った。「あかりさん、社長の克彦さんの奥様って、どの方ですか?」

「素代《もとよ》さん? こういう場は苦手なの」

「じゃ、いないんですね、ここには」

「少しは顔を出されると思うけど。何か素代さんのことで?」

「いえ……。ただ、克彦さんはあの佐久さんっていう方と一緒ですから」

「まあ」

と、あかりはちょっと目を見開いて、「気が付いたの?」

亜由美が、この会場を下見に来たときのことを話すと、あかりは肯いて、

「そうなのよね。克彦さんは隠そうともしていないから、〈K工業〉と係りのある人はたいてい知ってるわ」

と言った。「もちろん、今は珍しいことじゃないし。でも、奥さんにとってはね」

「それもあって、素代さんはこういう席に出て来られないんでしょうか」

「いくらかはあるでしょうね。でも、このパーティにまで佐久さんを招ぶとは思わなかった」

そのとき、マイクを通した声が響いた。

「皆さん! 今日はわざわざこんな地の果てまでおいでいただいて、ありがと

う！」

　あかりはびっくりした様子で、

「克彦さんだわ。何ごとかしら？」

「皆さんに、ささやかながらお礼をしたい。このフロアから、外の階段で下の芝生へ下りて下さい！　我が家の自慢の噴水をご覧に入れます！」

「大広間の外にはテラスがあって、そこから庭へ下りる階段があるの」

と、あかりは言った。「でも、噴水なんて、珍しくもないのに」

しかし、何と言っても、〈K工業〉社長の言葉に従わないわけにいかないのだろう。客たちがゾロゾロと大広間からテラスへと出て行く。

「――おい」

と、弘士がけげんな表情で、「克彦は何を考えてるんだ？」

「さあ、私にもさっぱり……」

と、松田も首をかしげている。

「聡子」

と、亜由美は言った。「あんた、ここにいて。弘士さんは残るでしょうから」

だが、大広間がほとんど空になると、弘士も不安になったのか、

「庭まで下りなくても、テラスから見よう」

と言った。

「ご一緒します」

と、亜由美は弘士のそばへ寄った。

「やあ、女探偵さんか。心強いよ」

「何か特別な噴水なんですか?」

「私の知っている限りでは、ごく当り前のものだがね」

テラスに出ると、海の風が吹きつけて来た。

見下ろすと、照明に照らされた緑の芝生と、かなりの大きさの円形の池がある。その中央に、女神像があって、腕に抱いた花束から水が噴き上ることになっているようだった。

客たちが、その噴水と池の周囲に集まると、

「では、当夜の余興をお楽しみ下さい!」

と、克彦が声を上げた。「上げろ!」

ブーンというモーターらしい音がして、次の瞬間、女神像から水が花が開くように噴き上った。

しかし――。

「金だ!」

「一万円札だ！」

　という声が上った。

　女神像に仕掛けがしてあったのだろう。噴水が水と共に、大量の一万円札をまき散らしたのである。

　札は池の外へと飛び出して、芝生に降り注いだ。——亜由美は呆気《あっけ》に取られていた。

「凄い！」

　聡子も出て来て、テラスから見下ろした。

　客たちが芝生に落ちた札を次々に拾っている。

「遠慮なく拾ってください！」

　と、克彦が言った。「〈K工業〉からのお返しです！」

「キャー！　凄い数！」

　と聞こえてくるのは、やはりマリナの声である。

「——何百万円？」

　と、聡子が目を丸くして、「お金の噴水なんて……」

　黙ってその光景を見下ろしていた弘士は、

「何と馬鹿なことを！」

と言い捨てて、大広間へと入って行ってしまった。

亜由美も急いで弘士の後から大広間に戻った。

「――何ごとです？」

司会者の席を動かなかったさつきが訊いた。しかし、弘士は答える気になれないようで、会場の壁ぎわに置かれた椅子に腰をおろした。

「亜由美さん……」

「あんまり趣味のいい余興とは言えませんでした」

亜由美が説明すると、さつきも啞然《あぜん》として、

「克彦さんがそんなことを？」

「悪趣味だ！」

と、弘士は吐き捨てるように言って、「司会は、このことに一切触れないでほしい」

「かしこまりました」

と、さつきは言った。

すると、大広間へエレベーターで上って来た女性がいた。

この人が克彦の妻の素代だな、と亜由美は直感した。

やせて、どことなく生気のない印象の女性だったが、黒のロングドレスは似合っ

ていた。

「あら、皆さんどちらへ？」

「素代。下の騒ぎを見なかったのか」

と、弘士は言った。

「何だかにぎやかだな、とは思いましたけど、寝室から来たので」

話を聞いて、素代は、

「まあ！　克彦さんが？」

「品のないことだ」

と、弘士は苦々しげに言った。

少しして、階段を上って来た人々がテラスから大広間へ戻って来た。

「お年寄はエレベーターよ」

と、マリナが言った。

「驚いたわね」

と、西田由香里が苦笑している。

「西田さん、拾わなかったの？　もったいない！」

「マリナちゃんはどれくらい？」

「私、四十枚くらい拾っちゃった」

「まあ凄い」

得意げなマリナを、西田由香里は半ば呆れたように見ていた。

エレベーターが何度か上下して、階段を敬遠した面々を運んで来た。

「克彦さん」

と、妻の素代が、エレベーターから降りて来た克彦へ言った。「弘士様のお祝いの会ですよ。前もってひと言、相談されたら良かったのに」

「相談？　そんなことすりゃ、反対されるに決ってる」

「そんなことをどうして――」

「親父は分ってない。刈谷家の力は金の力なんだ。それをはっきり分らせてやるのがいいことだ」

「でも……」

二人の話は、客たちが戻って来て途切れた。

噴水を止めて、哲司は庭へ出て来た。

「お兄さん」

レナが立っていた。「お兄さんが仕掛けを？」

「ああ。仕方ないさ。克彦さんの指示だ」

「びっくりしたわ。でも、弘士様は喜ばれないわよ」

「分ってる。だけど、そうは言えないだろ？」

哲司は芝生を見渡して、「まだあちこちに一万円札が落ちてる。拾っとこう」

「手伝うわ。――でも、ポケットに入れないでね」

「当り前さ」

と、哲司は言った。

二人は、遠くへ飛んでいた一万円札などを探して、結局三十枚近くを拾い集めた。

「――明日、克彦さんに返そう」

と、哲司は言った。「お前、いいのか？　パーティで、弘士様の用があるんじゃないのか」

「ええ、行くわ。ちょっと濡《ぬ》れちゃった」

噴水の水の勢いを、いつもより大きくしたので、池の外側も下が濡れていた。

「大丈夫か？　風邪《かぜ》ひくぞ」

「これぐらい、大丈夫よ」

レナは、兄と別れて、階段からテラスへと上って行った。

――テラスに、誰か立っていて、レナは足を止めた。

「あ、北原様ですね」

と、レナは言った。

「やあ」

北原はグラスを手に、一人で所在なげにしていた。

「パーティには……」

「疲れるよ、こんなこと、慣れてないからね」

「そうですね。たぶんそういう方も大勢……」

「しかし、一万円をバラまくとはね……。まるで冗談だな。いくら金持が変ってるといっても」

と、北原は言った。「僕は拾わなかった。君は？」

「私は使用人ですから」

「そうか。その小間使のスタイルは、何か決りがあるのかい？」

「いいえ。ただ、弘士様がお好きなんです」

「なるほど。――しかし、よく似合ってる。可愛いよ」

「ありがとうございます」

「いけないな。こんなこと、普通は言わないんだが」

と、北原はグラスの中身をテラスの外へあけた。「酔うとろくなことがない」

テラスへ、大橋あかりが出て来た。レナは会釈して大広間の中へと入って行った。

「お料理は召し上って？」

と、あかりが北原に訊いた。

「ええ、充分に」

と、北原は言った。「今夜の船で帰りたいんですが」

「まあ、どうして？　部屋がお気に召しません？」

「違います。しかし、どう見ても……」

北原は自分のタキシード姿を見下ろして、

「まるでピエロですよ」

「そんなことないわ。お似合よ」

あかりの言葉に、北原はちょっと笑った。あかりはそれを見て、

「そう。笑ったお顔はとてもすてきですよ」

と言った。「まだお独りでいらっしゃるんですって？」

「ええ。仕事と組合で、デートしてるような時間が取れなくて」

「そんなこと……」

「奥さん」

と、北原が真剣な口調になって、「お願いがあるんです」

「私に？」

「というより、ご主人に。あるいは社長、会長でも、もちろん……」

「何のことでしょう？」

「僕と同期で入社した仁科《にしな》という男がいるんです。組合活動も一緒で、頑張ってやって来ました。でも——目立ってしまったんです。ＴＶの取材が入ったとき、社の方針を批判して、それがＴＶで流れたんです。でも、決して悪口を言ったわけではありません。むしろ、会社のためを思っての発言でした。でも……」

「上司を怒らせたってわけですね」

「ええ。仁科はとても優秀なエンジニアです。それが、突然配送の仕事に。当人もひどく落ち込んで、うつ病と診断されて休んでいるんです」

「仁科さん……ですね」

「どうか、ひと言、頼んでいただければ。仁科は僕と違って、可愛い妻君と三歳の女の子がいます。このままでは……」

「お話は分りました」

と、あかりは言った。「もちろん、夫や克彦さんが聞いてくれるかどうかは分りませんけど、話してみましょう」

「どうかよろしく」

北原は深々と頭を下げた。

「北原さん。その話をするために今日いらしたの？」

「それだけではありませんが、来る決心をしたのは、確かに仁科のことが——」

と言いかけたとき、ポケットでケータイが鳴った。「——失礼します。——もしもし？」

と、あかりの方へ背を向けて、ケータイに出た。

あかりは、テラスから大広間へ戻ろうとしたが、北原が、

「何ですって？」

と、声を上げたので、足を止めた。

「そんなことが……。じゃ、もうどうしようも……」

北原の声が震えた。そして、

「分りました。奥さんに、明日伺うと伝えて下さい」

力なく言うと、通話を切る。

「どうなさったの？」

と、あかりが訊く。

北原は、テラスの外へとじっと目を向けていたが、やがてゆっくり振り向くと、

「——もう、話していただかなくても良くなりました」

と言った。

「今のお話の……」

「同じ課の人間からです。仁科が電車に飛び込んで……」

「まあ！」

「もっと早く、何とかすれば良かったんだ！　僕がぐずぐずしていたから……」

自分を責める言葉と共に、北原は両手で顔を覆って泣いた。もちろん必死にこらえていながらのことだったが——。

「北原さん……」

あかりは、背中を見せて泣いている北原へと歩み寄って、そっと肩に手をかけ、顔を寄せた。


「クゥーン……」

ドン・ファンの声に、亜由美は、

「分ってるわよ！」

と、小声で言い返した。

テラスへの出口の近くへ来ていて、たまたま扉の向こうの北原とあかりの話を聞いてしまったのである。

「余計な口は出さないね。分ってる」

と、亜由美は言った。

「——すみません」

と、北原は涙を拭いて、「お恥ずかしいところを……」

「いえ……」

あかりは首を振って、「恥ずかしいなんてこと、ありませんわ」

「やっぱり、こういう場所は僕に向いていないようです」

ハンカチを取り出すと、北原は顔を拭って、

「早々に眠ってしまおうかな」

と言った。

すると——。

あかりが北原を抱きしめた。そして、熱いキスをしたのである……。

7　絡み合い

一方的にキスをしたのは、あかりの方だった。

テラスへの出口の所で、あかりと北原の様子を見ていた亜由美は息を呑んだ。

まあ、男女がかなり本格的にキスしているのを目にすることは、日本ではあまりない。

そして、そのキスがかなり長い間続くとすれば、それは一方が勝手にキスしているだけでなく、された相手もしっかりそれを受け止めて、キスし返しているということである。

そう、実際、北原はあかりにキスされてびっくりしていたが、じきに自分からあかりを抱きしめていたのだった……。

「あれ、どう見ても本気だ。――ね、ドン・ファン?」

と、亜由美はそっと足下のドン・ファンに言った。

――やっと離れると、北原は喘《あえ》ぐように息をして、

「奥さん……」

と、かすれる声で言った。

「やめて。〈あかり〉と呼んで下さい」

「あかりさん……。僕を火遊びの相手にでもしようと?」

「違います」

と、あかりは言って、「違います」

と、くり返した。

「僕は――」

「黙って」

と、人さし指を北原の唇に当てて、「もし……今夜、あなたが私の部屋へ来てくれたら」

「まさか。そんなこと――」

「もしも、です。もしも、来て下さったら、私はドアを開けますわ」

「しかし……」

「夫とは寝室が別です」

と、あかりは言った。「あなたの泊っている部屋の、同じ側の三つ先が私の寝室」

「あかりさん……」

「ドアに、バラの花の彫り物が付いていますから、間違えることはありません」

「そんなことが……」

「あなたが決めて」

そう言うと、あかりはもう一度北原にキスした。

そして、あかりは大広間へと入って行った。

亜由美は少し離れて、背を向けて立っていた。――ホッと息をつくと、

「驚いたね……」

と、そっとドン・ファンに向って言った。

「こういう恋もあるのかな……」

少し間を置いて、北原も大広間へ戻った。

顔は紅潮していたが、固く唇を結んで、何か決意のようなものが感じられる表情をしていた。

――あの人、きっと今夜、あかりさんの所へ行くつもりだわ、と直感的に亜由美は思った。

亜由美だって、そう男女の恋の機微に通じているわけではないが、北原の思いは伝わって来たのである。

そのとき、司会の野沢さつきの声が大広間に響いた。

「ここで皆様に歌のプレゼントです。この会場を華やかにして下さっているマリナさんの歌をお聴き下さい」

パラパラと拍手があった。
あのアイドルの歌か、といささかうんざりしている客もいる。
マリナは壇上に上ると、マイクの前に立つのではなく、中央で真直ぐに立った。
伴奏もなし？　ちょっと戸惑った空気が流れた。
「〈ロンドンデリーの歌〉です」
と、マリナは言った。
〈ダニーボーイ〉というタイトルでも知られている。誰でも聞いたことのある歌だ。
そして――マリナは歌い始めた。
大広間が静まり返った。
亜由美もびっくりした。マリナの歌声は、朗々と大広間に響き渡ったのである。
――凄い！
いつもＴＶで見るマリナではなかった。しっかりお腹から声が出ている。
本格的に声楽を学んで、身につけた歌だ。
そして高い音もみごとに伸びて、しかもなお余裕を感じさせた。
誰もが、驚きと共に、マリナの歌に聴き惚れた。そして、歌い終えると、マリナは、
「刈谷弘士様、お誕生日、おめでとうございます」

と言って、頭を下げた。

少し間を置いて、大広間は熱い拍手に満たされた……。

弘士は、壇から下りて来たマリナに、拍手を送って、さらに彼女を両腕で抱いた。

「すばらしかった！」

「――ありがとうございます」

マリナも頰を染めている。

「しかし――いつもはどうしてこういう歌を歌わないのかね？」

「私の仕事はアイドルですから」

と、マリナは言った。「ファンは、アイドルが手の届く身近な存在でいてほしいんです。ですから……」

「そうか。しかし、今の君の歌を聞いた人間が、ここにいるわずかの人々だけというのはもったいない気がする」

「はい」

マリナは肯いて、「私も二十八歳です。アイドルを卒業する時期かもしれないと思ってはいます」

「うん、ぜひそうしたまえ」

弘士はマリナの手を固く握って、「私が応援する！　歌手としてのデビューをするなら、費用の心配はしなくてもいい。私がすべて引き受ける」

「ありがとうございます。――もし、そうなったら、もう〈マリナ〉でなく、本名の〈水田真里《みずたまり》〉で世に出たいと思います」

と、マリナは言った。


「参ったな」

と、伍代は呟いた。「あの子に場をさらわれてしまった」

「もっと早く話をすれば良かったのよ」

と、西田由香里がなじるように言った。

「会が盛り上って、弘士さんの気が大きくなったところを狙おうと思ってたんだ。まさかあのマリナが……」

「相当に訓練された歌だわ」

と、由香里は言った。「歌わなくて良かった、私。比べられちゃうところだった」

人気という点では、マリナと比べものにならない大スターの由香里だが、正直、歌は苦手だった。それでも、主演映画の主題歌を、若いころには歌わされていた。

「――どうするの？」

と、由香里は言った。「そろそろパーティが終っちゃうわよ」

「よし、話しに行こう。愛想よくしてくれよ」

と、伍代が由香里を促す。

二人が弘士の方へと、客の間を縫って行くと、道を遮るように、克彦が前に入って来た。

「どこへ行くんだね?」

と、克彦が言った。「親父の所なら、今はやめといた方がいい。せっかくマリナの歌で上機嫌になってるから、今、金の話を持ち出すと、嫌な顔をされるよ」

「克彦さんは映画に興味はおありでは?」

と、由香里が訊いた。

「ありますよ。商売としてはね」

「私どもも、ビジネスとしてお話しさせていただきたいんです」

すかさず、伍代が、

「克彦さんがお力を貸して下されば、何よりありがたいですよ」

と言った。「何しろ今はスポンサーになってくれる企業が少なくて」

「いいとも。うちの社が出資してもいいよ」

「本当ですか!」

伍代はホッとした表情で、「いや、今夜やって来たかいがありました！」

「その代り、一つ頼みがある」

と、克彦は言った。

「何なりと」

「佐久をその映画に出してやってほしい」

「はあ……。佐久さんは役者さんでしたか？」

「いや、その経験はない。しかし、小さな役くらいなら、大丈夫だろう」

「ええ、もちろんです！」

伍代は、せっかく捕まえたスポンサーを逃したくないので、即座に引き受けた。

「そんなこと、珍しくありません。何とかしますよ」

由香里がチラッと伍代を見た。――安請け合いして大丈夫？　その目はそう言っていた。「話がついて良かった」

と、克彦が言った。「具体的なことを話したい。今夜、このパーティが終ったら、僕の部屋で飲み直さないか」

「いいですとも」

「よし、じゃ、後で声をかけるよ」

克彦が他の客の間に紛れて行くと、

「やれやれ」

と、伍代が言った。「こううまく行くとはな」

「これで安心して飲めるわね」

と、由香里は言った。「でも、あんまり酔っ払わないで。あなたは酔うと後で何も憶えてなかったりするんだから」

「分ってる。心配するな」

「そういう自信が心配なのよ」

と、由香里は真顔で言った。「克彦さんの部屋へは私も行った方がいいの?」

「そりゃそうさ!　何もずっと付合わなくてもいいから、初めの内だけでも」

「分ったわ。疲れてるの。十分もいればいいわよね」

由香里はそう言って、少しわざとらしく欠伸《あくび》をした……。


「本日はお忙しい中……」

さつきの司会の声は、さすがに最後まで疲れを見せることはなかった。

ヨットで帰る客たちは、弘士に挨拶してエレベーターで一階へ下りて行った。

下では尾崎哲司が待っていて、コートを渡し、三郎の秘書の松田は、すでにヨットに乗り込んでエンジンをかけていた。

「何も起らなかったね」

　と、欠伸しながら聡子が言った。

「まだ安心できないよ」

　と、亜由美は言った。「パーティはともかく、まだ夜は長い」

「クゥーン……」

「ドン・ファンもそう言ってる」

「でも――私、眠いよ。ベッドに入ったら、すぐ寝ちゃいそう。たとえ殺人が起きても目を覚まさないな、きっと」

「頑張って起きててよ。これは仕事なんだからね」

　と言った亜由美も、聡子からうつったのか、欠伸をかみ殺した。

　パーティ会場では、島に泊る面々が残って、まだ食べたり飲んだりしていた。

　すでに、さつきが、会の「お開き」を宣言していたので、後は各自、部屋へ戻ることになっていた。

「お疲れさまでした」

　と、亜由美はさつきに声をかけた。

「ホッとしました。何とか無事に終って」

と、さつきは言った。

「野沢様」

と、レナがやって来て、「何も召し上っていないですよね。下のキッチンに、ご用意してありますので」

「まあ、ありがとう」

と、さつきはびっくりして、「そんなことまで、気をつかっていただいて……」

「司会の方は、いつも食べられませんからね」

と、レナは言った。「キッチンへおいでになれば分るようになっています」

「レナちゃん、あなたもろくに食べてないでしょ」

「私はいつでも、どこでも――」

と、レナが言いかけたとき、

「おい、私もほとんど食べとらんぞ」

と、刈谷弘士がレナの肩を叩《たた》いた。

「あ、失礼しました！　忘れてました」

レナの言葉に、みんなが笑った。

「弘士様、どちらで召し上りますか？」

「寝室へ何か持って来てくれ。疲れたよ」

と、弘士は言って、腰を伸した。

「かしこまりました。すぐにお仕度して――」

「いや、そう急がなくていい。汗ばんでるしな。風呂へ入ってからにする。三十分くらいしたら、運んで来てくれ」

「かしこまりました」

と、レナが行きかけると、

「おい、レナ」

と、弘士は呼び止めて、「一緒に食べよう。お前の分も持って来い」

「弘士様――」

「一人で食べても旨《うま》くない。いいな」

「かしこまりました」

レナがエレベーターで下りて行く弘士を見送る。

「――お疲れさま」

と、西田由香里がさっきに声をかける。

客たちは順次大広間から姿を消した。

「あかりさんは?」

と、聡子が言った。

「さあ……。いつの間にかいなくなったわね」

亜由美は大広間を見渡して、「部屋へ行きましょ。じゃ、お先に」

野沢さつきとレナが、最後に残っていた。

「――本当に何か起ると思う？」

と、聡子がエレベーターの中で言った。

「ワン」

「ドン・ファンは『きっと起る』って言ってるわ」

「そう？『まだ食い足りない』って聞こえたけど？」

「ワン！」

ドン・ファンはどっちともつかない声で吠えた……。


「あと五分……」

レナはワゴンを押して、弘士の寝室の前にやって来た。

弘士は時間にもうるさい。――三十分と言えば三十分なのだ。

しかし――レナもくたびれていたし、早く食事しないと、弘士も眠ってしまうかもしれない。

あと二分になったとき、レナは弘士の部屋のドアを叩いた。

返事がない。――三度叩いたが、同じだった。

「眠っちゃったのかしら……」

ドアをそっと開けて、「――弘士様」

と、呼んでみる。

ワゴンを中へ入れると、バスルームの明りが点《つ》いているのに気付いた。

広いベッドには、脱いだ下着が散らばっている。

「弘士様」

と、レナは呼んだ。「まだお風呂ですか？」

返事がない。心配になって、レナはバスルームを覗いた。

大きなバスタブに浸《つか》って、弘士はぐったりしていた。――眠っているのかしら？

しかし、これだけ呼んで起きないことは今までになかった。

遠慮している場合じゃない。レナは、

「弘士様！」

と、大声で呼んで、バスタブへと駆け寄った。

そして、弘士の肩をつかんで、強く揺さぶった。弘士が、低く呻《うめ》いて、それでも目を開けない。

「しっかりして下さい！」

レナは自分もバスタブの中へ飛び込むと、「弘士様！」と、弘士の体を両手で抱きかかえて、大声を出した。

すると――弘士が目を開けて、大きく息をついた。

「良かった！」

レナは安堵《あんど》して、「大丈夫ですか？　こんなに長く浸っていて……」

「ああ……。どうしたんだ？」

弘士は頭がボーッとしている様子で、「レナか……。何してる？」

「何って……」

レナは笑ってしまった。「弘士様がどうかなさったのかと思って」

「そうか。――すまん。眠ってしまっていた」

「溺れなくて良かったです！　立てますか？」

「ああ……。大丈夫だ」

レナはバスタブを出て、弘士を立たせると、「クラクラしませんか？　気を付けて下さいね」

「うん……。バスタオルを――」

「お持ちしますから、ベッドの方へ。――ともかく座って下さい」

裸の弘士を、何とかベッドの所まで連れて行き、レナは急いでバスタオルとバスローブを取って来た。

「濡れたままじゃ、風邪をひきますよ。今、着替えを」

レナはバスタオルで弘士の体を拭いた。

やっと我に返った様子の弘士は、

「ああ……。そうか。食べるものを……」

「お持ちしましたけど、今はこのままおやすみになっては？」

レナは弘士の濡れた頭を拭いて、「パンツとパジャマをお持ちしますね」

弘士は、ちょっと頭を振ると、

「おい、レナ……」

「はい？」

「お前、びしょ濡れだぞ」

「そりゃあ、だって——。弘士様を起こさないと、と思って」

レナは、パンツとパジャマを持って行き、「手はもう濡れてませんから。それじゃ、どうなさいますか？」

弘士はワゴンへ目をやって、

「そうか。お前もここで食べろと……」

「私は下で。こんなに濡れてちゃ、カーペットが台なしですよ」

と、レナは笑った。

「すまなかったな」

と、弘士は息をついて、「お前こそ、風邪をひくぞ」

「私は丈夫ですから」

レナは目をそらして、「パンツ、はいて下さいな」

「ああ、そうか」

と、弘士は笑って、「心配するな。もう役に立たんよ」

「そんなこと……」

レナは、ちょっと頬を染めて、「では、ワゴンはこのまま置いておきますね。召し上ってもどうでも、お好きなように」

「ああ」

弘士はベッドから下りて、パンツをはこうとしたが――。

濡れた服が体にはり付いたレナを見やっている内、いつの間にか手を伸して、レナの腕をつかんでいた。

「弘士様――」

レナが当惑して、「どうかされましたか?」

だが、引き寄せられ、ベッドに押し倒されると、レナは愕然《がくぜん》とした。自分を見る弘士の目に、初めて「男」のぎらつくような欲望を見た。

七十五歳の目ではなかった。いや、七十五歳でも、隠れていた感情が爆発しようとすることがあるのか。

「弘士様。――やめて下さい」

そう言えば、弘士は思い止《とど》まると思っていた。「お願いです。――やめて下さい」

しかし、逃れようとして身悶《みもだ》える姿が、逆に弘士の欲望を刺激したようだった。

「レナ。――私の言うことを聞け。お前は私のものだ」

「お願いです……。お願い……」

レナの声はかすれて消えた。


起きてなくちゃ……。

頭では分っていても、瞼《まぶた》はいつしか閉じてしまっていた。

だが――どれくらい眠っていたのか、亜由美は顔をつつかれてハッと目を覚ました。

ドン・ファンの顔が、目の前にあった。

「ドン・ファン、起してくれたの？　サンキュー」

亜由美は欠伸して、ソファから立ち上った。

「ワン」

と、ドン・ファンがひと声吠えて、ドアの方へと駆けて行く。

「何かあったの？」

ドン・ファンの様子が普通でない。亜由美はドアへ駆け寄って、そっと細く開けると廊下を覗いた。

レナが、ドアの前を通って行った。

小間使の服が引き裂かれていた。胸が半ば露《あら》わになって、帽子も失《な》くなり、髪がクシャクシャに乱れている。

そして、青ざめ、よろけながら放心したように、廊下を階段の方へと歩いて行った。

亜由美はドアを開け、廊下へと出て、レナの後ろ姿を見送った。

あれは……何があったか、明らかだ。

弘士が、レナに食事を持って来いと言っていた。

「まさか……」

あの穏やかな紳士が？　しかし——他に考えられない。

階段を下りようとして、レナはよろけ、危うく転り落ちそうになった。亜由美は駆け寄ろうとしたが、レナがその場にうずくまって、押し殺した声を上げて泣き出したので、足を止めた。

レナにとっては、兄の哲司と二人、弘士のおかげで生きていられたようなものなのだろう。弘士に逆らうことはできなかったのかもしれない。

しかし――。

そのとき、ドン・ファンが激しく、

「ワン！」

と吠えた。

レナがびっくりして振り向く。亜由美は、ドン・ファンが他のドアの前に駆けて行って、激しく吠え立てるのを見て驚いた。

「何なの？」

と、そのドアへと駆けて行った。

ここは――誰の部屋だったろう？

ドン・ファンはドアに向って吠え続けた。こんなことは初めてだ。

「やかましい！」

と、怒鳴る声がして、ドアが開くと、克彦がガウン姿で出て来た。

その克彦を押しのけて、廊下へ飛び出して来たのは、西田由香里だった。

「おい！　どこへ行くんだ！」

と、克彦が由香里の手をつかんだ。

「ふざけないでよ！」

と、由香里が克彦をにらんで、「私を何だと思ってるの！　金を出せば言いなりになると？　人を馬鹿にして！」

「伍代にちゃんと話を通してあるんだ！　大体金が欲しくてやって来たんだろ。何もしないで金が引き出せると思ってるのか？」

亜由美は面食らった。――克彦は女性に関心がないと思っていた。

伍代が部屋から出て来た。

「どうしたんだ？」

「どういうつもり？」

由香里が伍代を平手打ちした。伍代がよろけるほどの勢いだった。

「いや、ただ君と飲むだけだと……」

「あの男よ！」

「あの男？」

「佐久よ！　こいつと二人で私を――」

「そんな……」

佐久がシャツの胸をはだけて、廊下へ出て来た。

「話が違うじゃないか」

と、佐久は言った。

ドン・ファンが、またひとしきり吠えかけた。

「ありがとう！　助かったわ！」

と、由香里はドン・ファンの頭を撫でた。

騒ぎを聞いて、他の部屋からも、マリナや野沢さつきがガウンをはおって出て来た。

「どうしたんですか？」

と、さつきが言った。

「何でもない」

と、克彦が不機嫌そうに言うと、佐久を促して部屋へ入ってドアを閉めてしまった。

「まあ……」

と、マリナが呆然としている。

「佐久って、克彦さんと、ただ表面だけ付合ってたのね」

と、さつきが言った。

そのとき、

「レナ！」

と、叫ぶような声がした。

哲司が階段を上って来て、レナを見たのだ。「どうしたんだ！　お前……」

レナが兄の胸に顔を埋《うず》めて泣いた。

「――まさか」

と、さつきが言った。「弘士さんが？」

「可哀《かわい》そうに……」

と、由香里が言った。「男はいくつになっても男なんだわ」

そのとき――銃声が響いた。

誰もが凍りついたように、動かなかった。「弘士さんが拳銃を持っていました」

と、亜由美は言った。

レナが短い叫び声を上げて、

「見に行かなきゃ！　お兄さん――」

「俺が行く。お前は部屋へ戻っていろ」

と、哲司が立ち上る。

「待って！　お兄さん。あの人を責めないで。私が……私もいけなかった……」

と、レナがすがりつくようにして言った。

「今は急がなきゃ！」

亜由美は、弘士の部屋へと駆け出した。ドン・ファンも後を追った。

――弘士はベッドの上に倒れていた。

拳銃が床に落ちている。

ガウンの胸に血が広がっていた。

「ワン！」

ドン・ファンがベッドの上に飛びのると、弘士の耳もとで吠えた。

弘士が、眉を寄せて、かすかに頭を動かした。

「生きてる！　早く病院へ！」

と、亜由美は言った。

呆然と立っている哲司へ、

「松田さんを起こして！」

と、亜由美は怒鳴った。

哲司はハッと我に返ったようで、

「はい、すぐに」

と駆け出して行こうとする。

「そうだわ！」

亜由美は、「ヘリコプターを！　ここへ来させて！」

と声をかけた。

「分りました！」

哲司が走って行く。

そして——レナがそっと覗いているのが目に入った。

「弘士様は……」

「まだ息があるわ」

「そうですか……」

「きっと、あなたに申し訳ないと思ったんでしょうね」

「私のせいで……」

「あなたのせいじゃないのよ！　あなたが自分を責めることはないわ」

「——何ごとだ？」

と、起き出して来たのは三郎だった。

「三郎さん」

さつきが手短かに状況を話すと、

「そんなことが……」

三郎は妙に落ちついている。

「申し訳ありません」

と、レナが三郎に詫《わ》びた。

「ああ、いや……お前のせいじゃない。親父はもともと女には手が早かった。――そうか、レナ、お前、これまで親父と何もなかったのか？」

三郎には意外だったようだ。

「一度もそんなこと……」

「そうか。――お前が悪いわけじゃないんだ。心配するな」

松田が駆けつけて来た。

「今、ヘリがこっちへ向っています」

と、息を弾ませる。

「出血を止めなきゃ」

と、亜由美が言うと、

「私がやるわ」

いつの間にか、あかりがガウンを着て、やって来ていた。「私、看護学校に通ってたことがあるの」

あかりは、レナへ、「タオルを沢山！　それと包帯を」

「はい！」

言いつけられて動くことが、レナを立ち直らせているようだった。

弘士のガウンの胸を開いて、

「心臓はそれてるわ」

と、あかりが言った。

「小型の拳銃ですから」

と、亜由美が言った。

廊下に立っていたのは――北原だった。

パジャマの上に、北原もガウンをはおっていた。

「そういえば」

と、佐久が言った。「北原さん、どこに行ってたんです?」

北原は答えなかった。――間違いなく、北原はあかりの部屋を訪れたのだろう。

「ワン」

ドン・ファンが吠えた。

「どうしたの?」

ドン・ファンが、ベッドから下りて、吠えていた。――亜由美は気が付いた。

拳銃がない! 床に落ちていたはずなのに。

「皆さん、気を付けて下さい!」

と、亜由美はみんなを見回して言った。「弘士さんの拳銃を誰かが持って行ったようです」

「亜由美……」

聡子が目をこすりながらやって来ていた。

「聡子！　全員廊下に集めて！」

「みんな？　寝てる人も？」

「みんな起きてると思うよ。ともかく、廊下に出て来るように言って」

「分った」

聡子が、各部屋へ声をかける。部屋に戻っていたマリナなども、廊下へ出て来た。

「全員、揃《そろ》ってる？」

亜由美は訊いたが、考えるまでもなかった。

最も目立つ女性——西田由香里が欠けていた。

「怒って寝ちまったかな」

と、伍代がこわごわドアをノックした。

返事がなかった。

「私が」

と、あかりが伍代を押しのけて、ドアを開けた。「——まあ！」

見る前から、何が起っているか、察しはついた。

亜由美は、広いベッドの上に、仰向《あおむ》けに倒れている人気スターを見た。——こちらの弾丸は、心臓を撃ち抜いていた。

そしてベッドの手前の床に、あの拳銃が落ちていた……。

8　償い

「結局、こんなことになってしまい……」

と、亜由美が言いかけると、

「仕方ないわよ」

と、あかりは言った。「弘士さんの、あんなことが起らなければ……」

亜由美は息をついて、

「長い夜でしたね」

と言った。

——朝になっていた。

誰もが着替えて、朝食をとっていたが、誰も口をきかなかった……。

弘士はヘリコプターで病院へ運ばれて行き、三郎の秘書の松田が付き添って行った。

島にはヨットで警察が来ることになっている。誰もが、帰るわけにいかなかった。

朝食を終えて、亜由美はあかりと二人、居間へ移って、明るくなってくる外の風景を眺めていた。

「あかりさん」

と、亜由美は言った。「ゆうべ――北原さんと一緒だったんですか?」

「知ってたの?」

「テラスでのお二人を見ていたので」

「そう。――北原さんは来てくれたわ。そして、私たちは愛し合った」

と、あかりははっきりと言った。

「それで――」

「三郎さんとは、形だけの結婚だったの」

と、あかりは言った。「ビジネスの面を支えてくれたから。でも……空《むな》しかったわ」

亜由美は、北原がやって来るのを見て、

「どうぞお二人で」

と離れようとした。

「いや、あなたもいて下さい」

と、北原は亜由美を止めてから、「あかりさん」

「はい」

「僕と結婚して下さい」

ごく自然な口調だった。

「はい」

と、あかりはためらわず答えた。「三郎さんと離婚した上で」

「ありがとう」

北原は深々と頭を下げた。

レナが興奮の面持ちでやって来た。

「病院の松田さんから連絡が」

と、レナは言った。「弘士様は助かったそうです！」

「良かった」

と、あかりが息をついて、「私の手当が良かったんだわ」

「本当ですね」

亜由美はあかりと手を取り合った。

そうなると――西田由香里を殺した人間が誰か、ということになる。

しかし、それはもう警察の仕事だ。

「――ヨットが着きました」

と、哲司が居間へ入って来て言った。

そして、少しして、

「やっぱりここでしたか」

と、顔を覗かせたのは——。

「殿永《とのなが》さん！」

亜由美はホッとして、つい笑顔になった。「良かった！」

「では、現場に案内して下さい」

「分りました」

「大騒ぎですよ、TV局などは」

と、殿永部長刑事は階段を上りながら、「何しろ大スターですからね」

「そうでしょうね」

「たぶん、今この島へ向ってるTV局のヘリが、五機は下らないと思いますよ」

そう言っている間に、頭上からヘリの音が聞こえて来た。

「——この部屋です」

殿永は手袋をはめてドアを開けた。

「現場はそのままです」

「分りました」

ドヤドヤと、刑事と鑑識の面々がやって来て、部屋は一杯になってしまった。

亜由美が廊下に出ると、

「もう帰れるの？」

と、聡子がやって来た。

「もう少しだね」

と、亜由美は言って、欠伸をした。

「お疲れでしょう」

と、殿永が言った。

そこへ、

「あの……」

と、レナがあわてた様子でやって来た。

「どうしたの？」

「池で……」

「池？　あの一万円札の噴水で？」

「何です、それは？」

「話すと長くなります」

と、亜由美は言った。

そして――池へ行ってみて、唖然とした。

池に浮いていたのは――佐久だった。

池には血が広がっていた。

「これは……」

と、殿永も目を丸くしている。

「手間を省いてあげるよ」

と、声がした。「僕がやったんだ」

振り向くと、克彦が立っていた。

「あなたが……」

「佐久の奴、ずっと僕を騙《だま》してたんだ」

そんなこと、分り切ってたじゃありませんか、と言おうとして、やめた。

克彦が泣いていのだ。――本当に、佐久を愛していたのか、と思った。

「でも、ゆうべのことで――」

「ああ、分ってた。佐久には男も女も必要なんだって。しかし本当は、僕の金だけが必要だったんだ」

「克彦さん。――西田由香里さんを撃ったのもあなた?」

「佐久を侮辱したからね。たかが芸能人のくせに！」

と、吐き捨てるように言って、「しかし、それを聞いて、佐久は僕をののしった。――僕が逮捕されたら金が入らなくなる。それを怒ってね」

「――ゆっくり話を伺いましょう」

と、殿永はため息をついて、「亜由美さん、眠いでしょうが、もうしばらく辛抱して下さい」

「分ってます……」

いつ眠れるんだろう、と亜由美はため息をついた。


病室は広々として、明るく日が差し込んでいた。

ベッドでは、刈谷弘士が微笑んでいた。

「やあ、どうも」

「ワン」

「ドン・ファンも来てくれたのか」

と、弘士は言った。

「ずいぶんお元気に」

と、亜由美は言った。

「まあね。――〈K工業〉のために、もう少し生きていなくては」

社長の克彦を失って、大変なことになっていることは、マスコミでも騒がれていたが、今はもう忘れられつつあった。

「いらっしゃいませ」

レナが、病室へ入って来た。

「ここでも面倒を見てもらっていてね」

と、弘士は言った。「私を許してくれたのでね」

「はい」

と、レナは微笑んで、「人は間違いをするものですから」

そして、レナは、

「お客様が」

入って来たのは——大橋あかりと北原だった。

あかりは三郎と離婚していた。

「いかがですか」

と、あかりが言った。

「見ての通りだ。——北原君」

「会長。仕事の方は何とか……」

「組合にも助けてもらった。ありがとう」

「いえ、それで……。あかりさんと結婚しようと思いまして」

「それは良かった」

と、弘士は言った。「ついでに言っておくことがある」

「何でしょう？」

「北原君。――君は私の息子なのだ」

「――は？」

「じゃ、やっぱり二番めの？」

亜由美の勘は当っていた！

「三郎と共に、〈K工業〉を担ってほしい」

北原は啞然としていたが、弘士が家のお手伝いの子に生ませたのが北原だったと聞いて、

「そんなことが……」

と、首を振った。

「克彦もいない今、私と三郎に力を貸してほしい」

と、弘士は言った。

「待って下さい」

と、北原は言った。「経営なら、今も幹部の人たちがいます。あなたの息子だからといって、突然トップになど、僕にはできません」

「しかし――」

「もちろん、組合委員長として、協力すべきは協力し、闘うときは闘います」

と、北原は言った。「君もそれでいいだろう?」

と、あかりを見る。

「あなたのいいようにして。まだあなたは三十七なのよ」

「頑固だな」

と、弘士は笑って、「その辺は私に似たのかもしれん」

「クビですか?」

「いや、そうはいかない。しっかり働いてもらって、いずれは社長になってほしいが」

「組合が好きなんです」

と、北原は言った。「社員たちを守りたいのです」

「分った。——まだ当分は私が頑張らなくてはならんようだな」

「仁科のことでは、家族に手厚くしていただいて」

「そうだ。——社員とも、そういうつながりが必要だな、これからは」

と、弘士は肯いて、「塚川さん、今日来ていただいたのは……」

「もう充分びっくりしています」

と、亜由美は言った。

「あの会に出席していただいた謝礼を払おうと思ってね」

「それなら、あかりさんからしっかりいただきました」

「私からもお礼をしたい」

弘士から渡された小切手を見て、亜由美は目を丸くした。――一千万円！

これだけあれば……ラーメンが何杯食べられるかな？

「――とてもいただくわけには」

と、亜由美は言った。「探偵は副業ですから」

ドン・ファンが亜由美の手もとを覗き込むと、バッと小切手をくわえて駆けて行った。

「こら！　ちょっと待て！」

亜由美はドン・ファンを追いかけて、病室を飛び出して行った。

霧にたたずむ花嫁

プロローグ

霧が出ているからといって、道に迷うわけはなかった。

毎日、毎晩歩いている道である。駅からほぼ十五分。

真夏には、ちょっと汗をかく。真冬には少々凍えてしまう距離だが、今は十月の末。少し速足で歩いても汗をかくことはない。

時間は少し遅くて、もう夜の十一時になるところだったが、なに、もっと遅く帰ることも、仲間朋代《なかまともよ》にとっては珍しくなかった。

それでも、つい足取りが速くなるのは、住んでいる団地までのこの道が、木立ちに挟まれた寂しい道だったからだ。

しかし、ここで誰かが襲われたという話も、聞いたことがなかった。少なくとも、朋代が今の団地に住むようになってからの二年間は。

「本当にね……」

団地へ入居したときには、「半年以内に、駅までバスが通る」と聞かされていたのに、その内、

「不況のあおりで……」

と、何にでも通用する理由で、バスの話は立ち消えになってしまったのだ……。

「でも、珍しいわね、こんな霧」

つい、ひとり言を言っている。

確かに、今夜は霧が出るという予報だったが、それでもこんなに……。

——ふと、仲間朋代は、足音を聞いたような気がした。

背後について来るような足音。

足を止めてみる。すると、その足音もぴたりと止るのだった。

振り返ってみたが、深い霧の中、何も見えなかった。

朋代はまた歩き出した。少し速足になっている。

足音ははっきりと朋代について来ていた。足取りを速めても、それに合せてくるのだ。

さすがに朋代も怖くなった。しかし、今日はヒールの高い靴をはいていて、走るのは難しかった。

思い切って振り向くと、

「誰？」

と、霧に向って呼びかけた。「何の用なの？　言って！」

しかし、何の返答もなかった。朋代と同様に足を止めて、沈黙している。

朋代は大股に歩き出した。——当然のように、相手もついて来た。

これ以上は——。

朋代は素早く靴を脱ぐと、両手に持ってパッと駆け出した。道は舗装されている。靴なしで走っても大丈夫だろう。

しかし——足音は離れることなく追って来た。

あとどれくらいだろう？　必死で走ったが、じきに息が苦しくなった。普段走ることなどない。

団地の明りは見えなかった。まだ遠いのか、それとも霧のせいか。

お願い！　早く着いて！　早く！

追って来る足音は、近付いて来ていた。明らかに、間をつめて来ている。

ああ！　誰か！　誰か助けて！

叫ぼうにも、息が苦しくて、声にならない。それに、叫んだところで誰も聞いてくれないだろう。

もう——もうだめ！

靴もバッグも投げ捨てて、喘《あえ》ぎながら走る。そして——。

突然、目の前に人影が現われた。

霧の中にボーッと浮かび上る人影。

「助けて！」

と、朋代は力をこめて叫んだが、かすれ声にしかならなかった。

ともかく、朋代は目の前の人間に向って、真直《まっす》ぐにぶつかって行った。

「ワッ！」

相手もびっくりした。それはそうだろう。霧の中から、いきなり女性が飛びついて来たのだ。

その男性は、何とか朋代の体を受け止めて、

「どうしたんです？」

と訊《き》いた。

「助けて！　追われてる……」

と、朋代は辛うじてそれだけ言った。

追って来た足音は、ピタリと止った。

「おい！　誰だ！」

と、朋代をしっかり抱き止めた男性は怒鳴った。

霧の中で、一瞬ためらう気配があった。

そして――足音は小走りに遠ざかって行った。

「もう大丈夫。大丈夫ですよ」

と、男性が言うと、朋代は、

「ありがとうございます！　ありがとう……」

とくり返すと、立っていられなくなって、その場に座り込んでしまった。

「怖かったでしょう。しかし、うまく通りかかって良かった」

「本当に……。殺されるかと……」

と言いながら、朋代は今になって泣き出してしまった。

「まあ、落ちついて。――靴はどうしたんです？」

「ヒールが……。走れないので、脱いで、投げ捨ててしまいました。バッグも」

「取って来てあげましょう」

と、男性が行きかけると、

「待って！　一人にしないで！」

と、朋代はしがみついて、「一緒に行きます」

「分りました。けがしてませんか？」

「ええ……。大丈夫みたい……」

朋代はその男性にしっかりつかまって、道を戻って行くと、バッグを拾った。

「――おかしいわ」

と、朋代が首を振って、「靴、この辺で一緒に捨てたのに……」

右足の靴しか見付からなかったのだ。

「どこか遠くへ?」

「いいえ、そんなに力を入れて投げたわけじゃ……。ポンと落とすようにして。――でも見当りませんね」

「まさか……ついて来た奴《やつ》が持って行ったとか?」

「気味が悪いわ」

と、朋代は顔をしかめて、「でも――ともかく、このまま帰ります。何とお礼を申し上げたら」

「いや、一人じゃ心細いでしょ。この先の団地ですか?」

「ええ」

「じゃ、五、六分ですよ。一緒に――。いや、おぶって行きましょう」

「そんな……。図々しいこと……」

「いや、足を切りますよ、それじゃ。さあ、遠慮しないで」

「はあ……」

朋代は、その男性に背負われて、団地まで帰ることになった。

男性の体のぬくもりが伝わってくる。――さっきの恐怖は忘れて、朋代は何とも言えない幸福感に満たされていた。

――こんなドラマチックな出会いなんて！

朋代はすでにこの男性に恋していた。

これはとてもいい話である。それは間違いない。

しかし、この小説の主人公、塚川亜由美《つかがわあゆみ》にとっては、微妙だった。――その男性が、亜由美の恋人、谷山《たにやま》だったからだ……。

1　センチメンタル・ジャーニー

車ごと。

——そう、車ごと崖から落ちたら、まず助かるまい。

さぞかし痛いだろう。でも、痛いなんてほんの一瞬のことで、ほぼ即死に違いない。

だけど……もし、すぐ死ななかったら？

引っくり返った車の中で、けがをして血を流しながら身動きが取れずにいたら？

誰も助けには来てくれないし……。いえ、もともと死ぬつもりなのだから、助けは来なくてもいいのだが。

「でもね……」

と、塚川亜由美は呟《つぶや》いた。

いくら死ぬつもりだから、といっても、誰も心配してくれないんじゃ寂しい。せめて、

「あの若さで自ら命を絶つなんて……。よほどのことがあったのね」

ぐらいは言ってほしい。

そして、崖下で、無残に潰れた車が見付かったとき、涙ぐらい流してほしい。

ん？　――車が潰れたとき、どうなるか？

ガソリンが洩《も》れ出す。そうだわ、そしてガソリンに火が点《つ》いて、車が炎に包まれる。

そのとき、まだ車の中で生きていたら？　熱いわ！　そんな大変な思いをして死ぬなんて……。

「ワン」

そうだわ。私には可愛《かわい》いドン・ファンがいる。みんなが私を見捨てても、ドン・ファンだけは私のそばにいてくれる――。

「え？」

ハンドルを握っていた亜由美は、びっくりして、車を道の端へ寄せると、後ろの座席を振り返った。

床にちょこんと座って、ドン・ファンが見上げていた。

「ドン・ファン！　いつの間に乗ってたの？」

「クゥーン」

と、不満げに鳴く。

「別にあんたのことを忘れてたわけじゃないのよ。でもね、あんたを道連れにして死ぬなんて、そんなこと、私にできると思って？」

「ワン」

「そうよね」

亜由美はため息をついて、「やっぱり、これは『死んではいけない』って、神様のお告げなのね。分ったわ、ドン・ファン。私、どんなに辛《つら》くても生きていくわ。世界平和のために……」

何だかよく分らなかったが、ともかく、死ぬのをやめる理由を捜していたようでもあり、明日のＴＶの連ドラの最終回を見ずに死ぬのは心残りだ、とも思っていたので、塚川亜由美は慎重に山道をドライブしていくことになった。

もともと、そんなに車を運転しないし、ことに曲りくねった山道など初めてで、亜由美は、その気はなくても崖から車ごと落ちそうだった。

しかし、汗をかきかき、必死の思いで、やっと山道を越えると、車は静かな温泉町へ入って行った。

「――ああ、あれだわ、きっと」

週刊誌で見た、可愛い作りのホテル。〈白亜の家〉。もちろん温泉が出ていて、料理もおいしいという……。

果して初めから死ぬ気があったのか、と首をかしげたくなるが（本人も）、ともかく車をホテルの正面に停《と》める。

素早く、ベルボーイのスタイルの若い女性が駆けて来て、パッとドアを開けてくれる。

「いらっしゃいませ。塚川様でいらっしゃいますね」

「ええ」

「お車は駐車場に入れておきます。お荷物をどうぞ」

きびきびした動きが快い。――この時点で、亜由美は全く死ぬ気が失《う》せてしまった。

いや、そもそもここを予約したこと自体が――。

「あの、ちょっと連れが」

ドン・ファンが車からヒョイと出て来る。

「まあ、美しい犬ですね！　どうぞ、ご一緒で大丈夫です」

「良かったわ」

ホテル風にフロントがあって、

「塚川ですが」

「お待ちしておりました」

と、中年の上品なスーツ姿の女性が微笑《ほほえ》んで、「お連れ様は、もうお着きでございます」

「――え？」

何かの間違いか、と思った。すると、

「遅かったな」

と、声がして――何と塚川貞夫《さだお》と清美《きよみ》、つまり両親がやって来たのである。

亜由美は呆気《あっけ》に取られて、早くも浴衣《ゆかた》姿の両親を眺めていたが、

「どうしてここにいるの？」

と、やっとの思いで訊いた。

「あんたのセンチメンタル・ジャーニーに付合ってあげようと思ったのよ」

と、清美が言った。

「でも……」

「失恋の痛手も、何人かで旅すりゃ忘れるわ。ドン・ファンもちゃんと分ってたのね」

「ワン」

「人を子供扱いして！」

と、亜由美はむくれている。

「だって、私の子供じゃない」

「そういう意味じゃなくて……。ま、いいけど。でも、よくこのホテルだって分ったわね」

「あんた、週刊誌のこのホテルの写真に印つけてたでしょ。すぐ分るわよ」

そこまで言われると、さすがに自分が少々情なくなる亜由美だった。

――これが「感傷旅行」だというのは、恋人（のはずだった）の谷山が、仲間朋代という女性と結婚すると知ったからである。

その女性を助けたいきさつは、亜由美も谷山自身から聞いて知っていた。

「無事で良かったわね、その人」

と、亜由美は同情さえ寄せていたのだったが、何と――「そのお礼に」と、食事に招《よ》ばれ、

「ぜひコンサートに」

「美術展に行きましょう」

「ハイキングしません？」

と、たて続けの「攻撃」で、谷山はすっかり、その朋代という女性に参ってしまったのだった……。

しかし、亜由美が一番ショックだったのは、谷山が仲間朋代と結婚するという話を聞いたのが、友人の神田聡子《かんださとこ》からだったことで――。

「亜由美、知らなかったの?」

聡子のひと言が、グサッと亜由美の胸を貫いた。

すぐに谷山の部屋へ押しかけると、何ともタイミングが良く(?)、研究室のソファで谷山と朋代がキスしていたのである。

そこで血の雨——は降らなかったが、谷山の言い訳には聞く耳を持たず、亜由美は大学から飛び出したのだった。

かくて——愛する人に裏切られ、哀れ亜由美は傷心をいやす旅に出たのだが、途中、

「あてつけに死んでやる!」

などと、亜由美もごく平凡な女性であることを立証する考えが浮んだりして——。

でも、両親やドン・ファンの方がよほど亜由美のことを分ってくれている。

私は幸せだわ、と亜由美は思った。私のことを心配してくれる人がいる。

「ね、ドン・ファン。今夜は二人で寝ようね」

と、亜由美はドン・ファンの頭を撫《な》でて言った。

すると——。

「あら、私はどうなるの?」

と、声がして、そこに立っていたのは、何と神田聡子……。

「聡子、あんた……」

「私が谷山先生の婚約のことを、亜由美に無神経にしゃべっちゃったから、それが原因で亜由美が絶望するようなことになったら申し訳ないと思ってさ」

さすがに、亜由美もちょっと胸が熱くなって、黙っていたが、やがて、聡子へ歩み寄ると、しっかり手を握って、

「──聡子！」

「うん」

「心配してくれたわりには、もうひと風呂浴びて来たのね」

と、浴衣姿の聡子へ言った……。


「可哀《かわい》そうね」

すれ違いざま、そう言うのがはっきり聞こえた気がして、久保寺《くぼでら》は足を止めると、パッと振り向いた。

「ねえ、よく似合ってる。可愛いわ！」

OLが二人、連れ立って歩いていて、店先につないであるトイプードルが、ピンクの水玉模様の服を着せられているのを見たのである。

「可哀そう」ではなく、「可愛い」と言っていたのか……。

そうだよな。――久保寺修《おさむ》はちょっと笑って、

「俺のことなんか……」

と呟いた。

見も知らないOLが、彼のことを「可哀そう」などと言うわけがない。彼が振られたことを知っているのは、勤め先の〈S商事〉の社員だけだろう。

いや、〈S商事〉は大きな会社だ。その社員の中で、久保寺修のことを知っている社員がどれだけいるか。

そして、彼が失恋したことを知っているのは、せいぜい同じ課の十数人と、仲間朋代の勤めている隣の課の十人……。

しかし、それで充分だった。――久保寺のプライドが傷つき、血をふくには。

周囲の席から、哀れむような目が向けられ、ヒソヒソと話し声が聞こえてくると、それだけで、久保寺は屈辱の思いに震えるのだった。

――昼休みはあと十分残っていた。

久保寺は〈S商事〉のビルへ入って行くと、エレベーターに乗った。

そして、扉が閉りかけたとき――仲間朋代が、駆け込んで来たのだ。

扉が閉り、エレベーターが上り始めてから、朋代は久保寺に気付いてハッとした。

二人きりだ。朋代は体をこわばらせて、じっとうつむいていた。

「――おめでとう」

と、久保寺は言った。「結婚するそうだね」

「お願い」

と、朋代は言った。「何も言わないで」

「おめでとうと言っただけだよ」

「ええ……。でも――」

「相手は大学の先生だって？」

「久保寺さん――」

「インテリだろ。君にぴったりじゃないか」

微笑んだつもりだが、引きつった顔にしかならなかった。「僕のことは初めから眼中になかった。そうだろ？」

「お願い、久保寺さん」

と、朋代は言った。「あなたとは――結婚の話はしなかったわ」

「分ってるとも。しかし君は――」

エレベーターが停って、他のフロアの社員が二人乗って来た。朋代は素早く降りて行った。

扉が閉る。――久保寺は息をついた。

「このままじゃ……」

と、つい呟いていた。

乗って来た二人が、ちょっと戸惑ったように久保寺を見た。久保寺は目をそらす

と、「このままじゃすまさないぞ」と、心の中で呟いた。

ひたすらパソコンの画面を見つめていても、つい気持は仕事から離れてしまう。

仲間朋代は、ずっと久保寺の視線を感じながら、午後の仕事をこなしていた。

課は違っても同じフロア。――もちろん、久保寺の席とはずいぶん離れていて、

直接目が合うことはなかったが、それでも、エレベーターの中で感じた、久保寺の

恨みというか憎しみというか、そういう刺すような気配が、空間を貫いてやって来

るような気がしてならなかった……。

――もともと、久保寺と付合っていたのは、去年、たまたま二人の課が合同で旅

行に行く企画があり、その手配を、朋代と久保寺が任されたことがきっかけだった。

旅行の企画といっても、初め思っていたほど簡単ではなかった。

二つの課の全員の出欠を確認することから大変で、二泊の旅だったのだが、

「私は用があるから一泊で帰る」

「俺は二日目に行くよ」

とか、色々勝手なことを言ってくる。

しかも泊る旅館に予約したが、

「あの人とは一緒にしないで」

「別料金出すから一人部屋にして」

と、希望がまちまちで、朋代はすっかりくたびれてしまった。

そういう点、久保寺は細かい性格で、色々な変更や訂正を、一人で引き受けて片付けてくれたのだ。

旅行が無事に終ってから、朋代はお礼のつもりで、

「食事でも」

と、久保寺を誘った。

久保寺のことを、他の女性社員は、

「暗くて気持悪い」

と言っていることは知っていたが、話してみれば、美術の知識とか、なかなかのもので、話し相手としては悪くなかった。

しかし、恋愛の対象になる男性でないことは、朋代も分っていて、付合うといっても、決して近付き過ぎないように気を付けていた。

だが、久保寺の気持が一気に向ってくるのを止めることはできなかった。

度々の誘いを断ったり、メールにも返事しないなど、意志表示はしたつもりだったが、それは却《かえ》って久保寺の思いを煽《あお》り立てる結果になってしまった……。

そして――朋代に、あの谷山との運命的な出会いがあった。

一度はっきりさせなくては、と思った朋代は、会社の帰り、久保寺に会って、別れると言おうとした。

だが、その席で……。

「今日、課長に話したよ」

と、久保寺がコーヒーを飲みながら言ったのである。

朋代は当惑して、

「話したって――何を？」

「僕らの仲人をお願いします、ってことさ。こういうことは、早めにしておかないとね」

何のジョークかと思った。しかし、久保寺は至って真面目《まじめ》だ。

「何ですって？」

と、朋代の声はかすれていた。「いつ私があなたと結婚すると言った？」

「当然じゃないか。二人とも、もうすぐ三十になる大人なんだ。付合うのなら、結婚が前提だよ」

「そんなこと……。今日会ったのは、もうこれ以上お付合しないと言うためよ」

「今さらそんなこと、社会人としては通用しないよ」

朋代は、表情一つ変えるでもない久保寺を見て、初めて気付いた。——この人はまともじゃない！

「はっきり言うけど」

と、朋代はじっと久保寺の目を見つめて言った。「私は結婚するの。他の人と。だからあなたとは結婚しない。分った？」

そのときの久保寺の顔を、朋代は一生忘れないだろう。怒りに顔を歪《ゆが》めるでもなく、ショックに青ざめるでもない。

それは——そう、まるで子供がオモチャをこわしてしまったときのように、今、何が起っているのか分らないという様子だったのだ。

気味が悪くなった朋代は、素早く立ち上ると、

「じゃ、これで」

と、店を出た。

コーヒー代くらいは払ってもらってもいいだろう、と思った。

しかし、その翌日、会社のロビーで会ったとき、久保寺は、いつものように、

「やあ」

と、声をかけて来て、「今度、〈ゴッホ展〉があるんだ。二枚買っといたからね」

と言ったのである……。

「――仲間さん、電話」

向いの机の女性に言われて、ハッと我に返る。

「ごめん。――もしもし、仲間でございますが」

と、受話器を取って言ったが、向うは何も言わない。「もしもし？　――どちら様ですか？」

すると、少しして、ちょっと照れたような声が言った。

「やあ、姉さん」

「え？」

「久しぶりだね」

その声に、朋代は血の気のひくのが分った……。

2　散歩

「人間はふしぎね」

と、亜由美は呟いた。「ね、ドン・ファン？」

「クゥーン……」

いきなりそう言われてもね、と言いたかったのかもしれない。

「お前もそう思うでしょ？　――早く起きなきゃいけないときは、ぐっすり眠って、なかなか起きられないのに、ゆっくり寝ててもいいときには、早い時間にパッと目が覚める」

「それって、ただのなまけ者じゃない？」

と、冷ややかに言ったのは神田聡子である。

「そう言っちゃったら、面白くも何ともないじゃない」

――しかし、この温泉町での朝、いつになく亜由美が早起きしていたのは事実である。

そして、山の中にあるこの温泉町、ひんやりと冷たい朝の空気の中、亜由美たちは、裏手の山へと登る道を辿《たど》っていた。

「気持がいいね！」

と、冷たい空気を胸一杯吸い込んで、亜由美は言った。

聡子が苦笑して、

「どこがセンチメンタル・ジャーニーなの？」

「あら、何かご不満でも？」

「失恋の痛手に耐えかねて、っていうわりには、ゆうべのシャブシャブも一番沢山食べてたし」

「そうだった？　みんなを安心させようと思って、無理して食べたのよ」

「どう見ても、食欲旺盛だったよ」

「悲しみを食べることで紛らわしてたのよ」

あんまり意味のないやりとりをしながら、二人――いや三人はゆっくりと坂を登って行った。

「もう紅葉してる。――きれいだね」

道の片側は崖になって、ずっと下へと落ち込んでいる。岩をかむ流れの音が聞こえていた。

「でも、亜由美、一人でこんな所に来て、何するつもりだったの？」

と、聡子が訊いた。

「そうね。——この崖から身を投げる、とか」

「まさか」

「失礼ね。私がちっとも傷ついてないみたいじゃない」

「ワン」

ドン・ファンが、全く別の方向を向いて吠《ほ》えた。

「そんなことするわけないでしょ。飛び下りるなら、谷山さんも道連れよ」

「——亜由美、身投げ」

「そうじゃなくて！　ほら！」

聡子が、亜由美をつついて、「あの女の人……」

「え？」

木立ちの向うに、少し突き出た岩があって、そこに女性が一人、たたずんでいた。はおった白っぽいコートのポケットに手を入れて、じっと足下を見つめている。

「あれ、きっと——」

と、聡子が言った。

「うん……。どう見てもね」

亜由美たちとは少し距離があるものの、二人の話し声は聞こえているのではないかと思われたが、思い詰めて耳に入らないのかもしれない。

のである。

「ドン・ファン、あんたの出番」

と、亜由美が言うと、ドン・ファンはタタッと軽やかに駆け出した。

間一髪だった。ちょうどその女性が、崖の先へと一歩踏み出したところだったのである。

「ワン」

と、駆け寄って来たダックスフントにびっくりして、女性は足を止めた。

「まあ。——どこから来たの？」

「ここからです」

亜由美は少し足取りを速めて、「余計なことだったかもしれませんけど」

「まあ……。あなたの犬？」

二十七、八かと思える女性だった。化粧っけのない、地味な感じで、まるで——。

「学校の先生ですか？」

と、亜由美が訊くと、びっくりしたように目を見開いて、

「ええ、教師です。どうしてお分りに？」

「あなたを見たら、たぶん十人中八人はそう言いますよ」

「そうかしら？　——他に生きる道がないのね、やっぱり」

「失恋ですか？　それなら私もお仲間です」

「でも……」

「私は飛び下りに来たんじゃありません。散歩したら朝ご飯がおいしくなると思って来たんです」

「まあ……。そうですね、きっと朝ご飯が……」

「下のホテルですか？」

「いいえ……。今朝早く着いたんです。以前ここに来たことがあって、死ぬならここにしようと……」

「じゃ、私たちと一緒に朝ご飯、食べません？　死ぬのはその後でも」

「ワン」

「ドン・ファンもそう言ってますし」

ちょっと呆気に取られていたその女性は、笑ってしまった。

——亜由美たちと、生田綾子《いくたあやこ》の出会いだった。

「おいしいですね、このパン！」

まだ熱くて、やっと持てるくらいのクロワッサンを一口食べて、生田綾子は声を上げた。

それを見て、亜由美はそっと、

「もう大丈夫」

と呟いた。

焼きたてのクロワッサンのおいしさが分るようなら、もう死ぬ気は失《な》くなっただろう。

朝の散歩で、崖の上に立つ生田綾子を見付けて、このホテルへ連れて来た亜由美は、両親とも一緒の朝食の席に、彼女を座らせたのである。

「おいしいものに感動する心は、生きるのに大切なものだ」

と、塚川貞夫は言った。

「感動のあまり、食べ過ぎて太るのは考えものよ」

と、清美がすかさず言ったので、みんな笑った。

このホテル〈白亜の家〉は、食事をこの広いダイニングルームでとるようになっている。

朝食の時間、テーブルはほぼ埋っていて、中にはハネムーンと覚しきカップルも見られた。

「卵も新鮮なのね。オムレツがいい味だわ」

と、清美が言った。

「ええ、本当に」

生田綾子は、ゆうべから何も食べていなかったようで――死ぬつもりだったのだから当然だが――アッという間にハムエッグを平らげてしまった。

「――おはようございます」

と、亜由美たちのテーブルのそばへやって来たのは、このホテルのオーナーの女性だった。

フロントに立っていたスーツ姿の女性だ。

「〈白亜の家〉の朝はいかがですか?」

と、にこやかに言った。

「最高です」

と、聡子が言って、ドン・ファンが、

「ワン」

と、同意した。

「ありがとうございます。――皆様、コーヒーをもう少し? ――こちら、コーヒーを」

と、ウエイトレスへ指示してから、「生田様。お部屋のことですが」

生田綾子に、強引に泊らせることにしたのは、むろん亜由美である。

「無理でしたら――」

「今朝早くお発《た》ちになった方がおいでで。その部屋がお昼にはお入りいただけます」

「ありがとうございます。それじゃ……」

「お預かりするお荷物はございますか？」

そう訊かれて、綾子が当惑した。死ぬつもりで来ているなら、着替えなどあるはずがない。

「生田さん、列車でバッグを盗《と》られたんだそうです」

と、亜由美が言った。「後で町に出て、必要な物を買って来ると」

「まあ、それは災難でしたね。では、お昼ごろにフロントへお声をかけて下さい」

「分りました」

そこへ、

「お母さん、旅行社から電話」

と、やって来たのは、昨日、ベルボーイの制服で迎えてくれた女性。

「今行くわ」

と言って、「娘の雅代《まさよ》です。見習の身ですがよろしく」

「まあ。お母様とよく似てらっしゃる」

と、清美が言った。

「正に、王座を継ぐ王女の気品がある」

とんでもないことを言い出したのは、もちろん貞夫である。

「まあ、恐れ入ります」

と、頬を赤らめて、雅代は一礼して行ってしまった。

「びっくりしないで下さい」

と、亜由美は綾子に、「父は少女アニメの大ファンなんです。人をやたらドラマの登場人物扱いするので」

「まあ、すてきですね」

と、綾子は楽しげに言った。

地味で、もの静かなこの女性教師が、どうして死のうとしていたのか。亜由美はもちろん興味があったが、まさかこの席で訊くわけにもいかない。

綾子はウエイトレスへ声をかけて、

「すみません。パンをもう少しいただけないかしら」

綾子がお腹《なか》を空《す》かしていることだけは間違いなかった……。

「朋代、どうしたの？」

と訊かれて、

「ううん、何でもない」

笑顔を作って見せた仲間朋代は、「ランチはどこにする?」

同じ〈S商事〉の同僚たちと昼食に出た朋代は、ことさらに明るい声を出した。

表に出れば、方々のオフィスビルから、昼食をとりに出てくる男女で道は溢《あふ》れている。

何も心配することはない。――そうだとも。

自分へそう言い聞かせる。

「あのパスタの店がいいな」

パスタ好きの子が言うと、みんなが、

「好きね、パスタが!」

と、笑い出す。

「いいじゃない。早くできるし」

朋代は、ともかくどこかへ入りたかったのだ。

「じゃ、そうしよう」

女四人で入ると、ちょうど最後の一つのテーブルに間に合った。

朋代はホッとして、メニューを見るのを忘れそうになった。

朋代が不安なのは、もちろん、久保寺修がどこか近くにいるのではないか、と思っていたからだ。

久保寺はこの三日間、会社を休んでいた。

しかも、「休む」という連絡がないのだという。

久保寺の課の女性が、朋代に、

「何か知らない？」

と訊きに来た。

「何も」

久保寺と親しいと見られているのが腹立たしくて、あえてそれ以上答えなかった。

「ケータイにも出ないのよね。どうしたのかしら」

朋代は、そっとケータイを見た。

通話もメールも〈着信拒否〉になっているが、それまでは、ほとんど五分おきに着信があった。朋代が恐怖を覚えたのも当然だろう。

「——私、パスタよりリゾットの方が好き。ね、朋代もお米が好きなのよね」

と言われて、ハッと我に返ると、

「ええ、そうね」

と、何とか笑顔を作る。

「式はウエディングドレス？　打掛けは？」

「まだ決めてないけど……。たぶんドレスかな」

昼休みになって、エレベーターを出たとき、朋代はロビーの奥へと足早に消える人影を目にしたのだ。

コートをはおった男、ということしか分らないが、そのタイミングが、朋代を目にして隠れたかのようだった。

あれは——久保寺ではなかったろうか？

一旦そう思うと、どこかに久保寺が潜んでいるような気がして、つい周囲を見回してしまうのだった。

「ハネムーンはどこ？」

と訊かれて、朋代は、そうだ、今は楽しいことだけ考えていようと思った。

「そうね。彼が休み取れるかどうかだけど、ヨーロッパに行きたいと思ってるの」

「いいわね！　さすがエリート！」

朋代は一緒に笑った。


講義のために研究室を出ようとした谷山は、デスクの電話が鳴り出したので、足を止めた。

いつもなら放っておくのだが、仲間朋代との結婚式について、色々電話がかかる

ことが多いので、歩み寄って、

「――はい」

と、受話器を取った。

「もしもし」

男性の声だ。

「谷山ですが」

「谷山先生ですね」

「そうですが、何か――」

切れてしまった。谷山は眉をひそめて、

「何だ、一体？」

と呟くと、ちょっと肩をすくめて、足早に研究室を出て行った……。

3　すれ違い

「お父さん、もう帰ってよ」

娘にそう言われて、下坂《しもさか》は苦笑した。

「そう邪魔にするなよ。まだ昼休みだろ」

「そうだけど、同じ会社の人が一杯いるんだから、お父さんと歩いてたら何かと思われる」

「俺はただ、お前がちゃんと勤めてるのか、見に来ただけだ」

「もう見たからいいでしょ！　子供じゃないのよ、私。もう二十二なんだからね」

下坂素子《もとこ》は、この春に大学を卒業したばかりである。〈S商事〉で、日々雑用をこなしていた。

「あ、うちの社の人だ」

と、素子はパスタの店から出て来た四人を見付けると、「それじゃね、お父さん」

「ああ、気を付けろよ」

「何に気を付けるの？」

と、素子は笑って、「お父さんこそ、車にひかれないでね」

実業之日本社文庫

https://www.j-n.co.jp/

「刑事に向ってそういうことを言うのか」

下坂は手を振った。

素子は足取りを速めて、四人へ追い付いた。

「そこのパスタ、おいしいですよね！」

「ああ、素子ちゃん」

と、朋代は微笑んで、「お昼はどこで食べたの？」

「おそばです。その向うの」

「あなたみたいな若い人が、おそばで足りるの？」

素子はちょっと恥ずかしそうに、

「父と一緒だったので」

と言った。

「ああ、そうだ。素子ちゃん、お父さんと二人なんだよね」

「ええ。母は私が小さいころ亡くなって」

「じゃ、お父さん、素子ちゃんのこと、心配なんだ」

「子供扱いされて、困っちゃいます」

と、素子は言った。

「あんまり残業させられないわね」

「やりますよ！　言って下さい」

「その内、いやでもすることになるわよ」

と、朋代は言った。「帰れる内は帰った方がいいわ」

素子も一緒になって、五人は〈S商事〉のビルへと入って行った。

エレベーターの方へ、ロビーを横切っていくと――。コートを着た男が、マスクをして、顔を半ば伏せながら、朋代たちのグループを斜めにかすめた。

素子が、朋代のすぐそばにいて、エレベーターのボタンを押そうと前へ出ようとしていた。

「――素子ちゃん、どうしたの？」

朋代は、立ちすくんでいる素子に気付いて振り返った。

「あ……。私、何だか……」

素子がフラッとよろけたと思うと、床に転ぶように倒れた。

「どうしたの？」

駆け寄った朋代は、素子が目を見開いて、

「どうしたんでしょ、私……」

と、声を震わせるのを聞いて、同時にお腹を押えた手の下から、血が溢れるように出て来るのを見て、息を呑《の》んだ。

「大変！　しっかりして！　――救急車！　救急車を呼んで！」

と、朋代は叫んだ。

「どうしたの？」

同僚たちが唖然《あぜん》としている。

「刺されてる！　早く一一九番――」

「今、かけたわ」

「何か――出血を止めないと！」

朋代は上着を脱ぐと、素子のお腹に押し当てた。

「頑張って！　すぐ救急車が来るから！」

朋代は、久保寺がやったに違いない、と考えながら、必死で呼びかけていた……。


「M署の下坂といいます」

と、その刑事は言った。

「刑事さん……」

「下坂素子の父です」

朋代は驚いて、

「まあ……。そうですか。――仲間といいます。同じ〈S商事〉で……」

病院の廊下は薄暗かった。

「素子がお手数をかけまして」

「いえ……。具合はどうなんでしょう」

朋代は救急車に乗って、ここまで付き添って来た。そして――二時間たっていた。

「何とかもっているようです」

と、下坂は言った。「まだ危い状態だと……」

朋代は目を伏せた。下坂が並んで長椅子にかけると、

「私には……あの子しかいないんです」

と言った。「たった一人の……。どうしてこんなことになったのか……」

黙っているわけにはいかなかった。

「たぶん……私なんです、狙われたのは」

と、朋代は重苦しい思いで言った。「素子さんは、私の前へ出ようとして……」

「あなたを？　――誰がやったか、ご存知なんですか」

「おそらく……久保寺という人です。同じ社員で、私のことを恨んでいます。この三日ほど、出社していませんし」

「詳しく聞かせて下さい」

と、下坂は朋代の方へ向き直って言った。

朋代は、久保寺との出来事を、ゆっくりと語った。話しながら、恐怖が改めてこみ上げて来た。

「――〈久保寺修〉ですね」

下坂はすべてをていねいにメモすると、「ありがとうございました」

「いえ……。申し訳ありません。私のせいで……」

「とんでもない！　あなたが責任を感じる必要は――」

看護師が足早にやって来るのが見えて、下坂は言葉を切った。

「下坂さん？　素子さん、もう大丈夫ですよ」

看護師はあっさりと言った。「輸血が多かったので、熱がありますが、心配いりません」

朋代はホッとすると同時に、泣き出していた。

「ありがとうございました！」

下坂が、くり返し頭を下げる。

「良かったですね」

と看護師が言った。「若いので、心臓も丈夫で。今日一杯は、たぶん目を覚まさないと思いますが」

「どうも……。本当に……」

下坂も泣いていた。

看護師が戻って行くと、朋代と下坂は長椅子にかけて、しばらく一緒に泣いていた。

時たま通りかかる患者が、ふしぎそうに二人を眺めていた。

「——本当に、私、どうしようかと思ってました」

と、朋代はやっと涙を拭って、「素子さんにお詫《わ》びのしようが……」

「いや、もう充分ですよ」

と、下坂はハンカチを取り出してハナをかむと、「そういえば、あなたの服が……。娘の血ですね、その汚れは」

「ああ……。出血を止めようとして……。服なんか、どうでもいいんです」

「しかし——」

下坂は少し落ちついた様子で、「その久保寺という男、まず自宅をすぐに手配します。しかし、刺す相手を間違えたと知ったら、自宅には戻っていないでしょうね」

「困った人です。ちょっとまともじゃない、と思っていましたが、まさかこんなことまで……。もちろん、私、犯人の顔を見たわけじゃありませんが」

「ご心配なく。いきなり久保寺という男を撃ったりしませんよ」

「ええ。でも他に思い当ることが……。素子さんが、そんなに男の人に恨まれるわけもないですものね。まだ入社してそんなにたっていないし」

「では、まず、この久保寺のアパートに人をやります。使った凶器やコートなどを処分してしまうといけませんからね」

下坂は、連絡のために玄関の方へと足早に向った。

朋代は、改めて安堵《あんど》した。

久保寺に違いない。そう信じてはいたが、今は素子が一命を取り止めたことで、やや気持に余裕ができた。

「そう……。この服ね……」

出血を押えようとした上着だけでなく、ブラウスやスカートにも血が広がっている。

「一度帰らないと……」

と、朋代は呟いた。

上着のポケットにケータイを入れたままになっていた。血で汚れていたが、トイレに行って洗うと、会社へ電話を入れる。

あのとき一緒だった同僚たちが心配しているだろう。

「――ええ、そうなの。さっき、もう大丈夫だって。――気が気じゃなかったわ」

そして、久保寺のことも言っておかなくては、と思った。

「あのね、素子ちゃんを刺したの、たぶん久保寺さんだと思うの。聞いて。彼、私のことを恨んでて、ずっとストーカーになっていたのよ。――え？　何ですって？」

思わず声が高くなった。

「久保寺さん、お昼過ぎに会社へ来てたわよ」

と、相手が言ったのだ。

「じゃ――今、会社に？」

「いいえ。体調が悪いとかって、辞表出してね。私物持って帰ってった。――そうね、一時間くらい前かな」

「そう……。もし何か言って来たら教えて」

と言って、朋代は通話を切った。

何という男だろう！「やりそこなった」ことは分っていたはずだ。それでいて会社へやって来るとは。

朋代は、下坂刑事へ知らせようと、小走りに駆け出した。


「もしもし」

「やあ、君か」

講義を終えて、谷山は研究室へ戻るところだった。

「お元気？」

と、亜由美が言った。

「まあね。亜由美君……」

「いいの！　もうふっ切れた。心配しないで」

「いや、君には何も説明せずに、申し訳なかったと思ってるんだ」

と、廊下を歩きながら、「今、家から？」

「温泉。先生に捨てられたんで、私、もう誰でもいいと思って、適当に名前も知らない男と旅に出たの」

「何だって？」

「どうも逃亡中の殺人犯みたい。この温泉で私、短い一生を終えるかもしれないわ」

「ワン」

谷山は苦笑して、

「あの名犬ドン・ファンも一緒じゃないか」

「ばれたか。――私、のんびり温泉に浸《つか》って、三、四日したら帰る。その間、講義全部サボるけど、よろしく」

「おい、僕の講義はともかく、他の先生のまでは――」

「ちゃんと頼んでよ。ご自分も長くハネムーンに行くんでしょ」

「まだ、いつになるか、忙しくてね」

谷山が研究室のドアの鍵をあけようとしていると、柱のかげから、コートをはおった男が……。そこへ、

「谷山先生！」

と、声がして、女子学生が四、五人でやって来た。

「何だ？」

「相談があるんです！　お願い、三十分だけ！」

「分ったよ。――亜由美君、それじゃ」

と切ると、「さ、入って」

と、ドアを開けて促した。

ドアが閉っても、研究室の中からは、女の子たちの甲高い笑い声が聞こえてくる。

そして、廊下を他の講師や学生たちが行き交うようになって来た。

コートをはおった男は、ちょっと肩をすくめると、

「もう無理だな」

と呟いて、足早にその場を離れた。

「すみません、亜由美さん」

と、生田綾子が言った。「こんな買物にまで付合わせてしまって……」

「いいんです。私も、大した仕度もしないで旅に出て来たんで、必要なものが色々あって」

亜由美と生田綾子は、温泉町の駅前商店街に来ていた。

「腹ごなしに」

というので、神田聡子とドン・ファンもついて来ている。

そう大きな町ではないのだが、観光客は多いらしく、駅前はかなりにぎわっていた。駅の正面には、四階建のスーパーがあり、綾子は着替えや洗面用具などを買った。

「——ふしぎだわ」

と、綾子は、売場を歩きながら、「本当なら、私、もうこの世にいないはずだったのに……」

「そういう『はず』は、変るもんですよ。こうして買物してる方が、正しい『はず』なんです」

綾子は微笑んで、

「亜由美さんはいつもそうして前向きなの？」

と言った。

「そうですね。過ぎてしまったことは、どうしたって変えられないでしょ。だったら、いくら後悔しても仕方ないや、って……」

「ワン」

いつのまにやら、ドン・ファンが二人と一緒に歩いている。

「ドン・ファン！　聡子と一緒じゃなかったの？」

「クゥーン」

と、鼻にかかった声を出して、ドン・ファンが振り向く。

「あ、分った。あれね？」

「どうしたんですか？」

「このフロアの奥に、甘味喫茶が。聡子がそこへ寄り道してるんです」

「まあ、さっき食事したのに？」

「甘いものは別ルートを通るようです」

と、亜由美は言って、「大分歩いたし、ここらで甘いものも悪くないのでは？」

「そうですね。じゃ、私も新ルート発見に挑戦してみます」

「ワン」

ドン・ファンが楽しげに鳴いた。

あれは生田綾子だ。間違いない。

駅前で、姿を見て、当惑した。——生田綾子は一人で旅に出たはずなのに、若い女と一緒だ。

しかも、毛並みのいいダックスフントまでついて歩いている。

加納《かのう》は、少し離れてついて来ていたが、彼女たちが途中女性下着の売場へ寄ったりしているので、まさかそこまで中年男がついて歩けない。

そして、綾子は、着替えの下着を何組か買っていた。

「あいつ……。仕度しないで旅行に来たのか？」

と、加納は呟いた。

まあ、そう何組も買うことはない。使うより前に、生きていないだろう……。

加納は、綾子たちが甘味喫茶へ入るのを見て、舌打ちした。

ケータイを取り出し、発信した。

「——加納です」

「ああ、ちょうど連絡しようとしてたところだ」

低く、囁《ささや》くような声だ。

怒っても決して大声で怒鳴ったりしない。

すぐカッとなる連中も、この世界には少なくない。

しかし、そういう類の人間は、大物になる前に、何か問題を起こして、途中で脱落するのだ。

組織の大物が、ごく紳士的で上品なタイプなのには、ちゃんと理由がある。

「——見付けたのか？」

「間違いなく、生田綾子です。泊っているホテルも分りました。いつでも始末できます」

「待て。殺すな」

「——え？」

「もうやっちまったのかと心配してたんだ」

「まだ手は出してません。それじゃ、殺すなと？」

そう言ってから、加納はチラッと周囲を見回した。

「——実は、とんでもないことが分った」

と、相手が言った。「あの部屋から、例のものが消えたんだ」

「まさか……。警察が見付けなかったのは、生田綾子が隠し持っていたからですか？」

「その可能性がある。いいか、どんなに痛めつけてもいい。彼女から訊き出すんだ」

「分りました」

「また連絡しろ」

「はい。では……」

通話を切ると、加納は少し立ち止って考えていたが——。

どうしたものか……。

加納は悩んでいた。

「しかし——やっぱり、我慢するのは体に良くない。そうだ」

自分へそう言い聞かせると、加納は決然と甘味喫茶へと入って行った。

「いらっしゃいませ」

「一人だ」

「はい、どちらでも」

加納は、奥の方の、生田綾子の加わっているテーブルが見えるように席につくと、

「お汁粉をくれ」

と、注文した。

甘いものを見ると、素通りできない加納だったのである。

4　ひとり旅

「お帰りなさいませ」

ホテル〈白亜の家〉フロントには、女主人の安藤幹子《あんどうみきこ》が立っていた。

「色々買っちゃいました」

と、亜由美は手さげ袋を重そうに持っていた。

「生田様」

と、幹子は言った。「もうお部屋はお入りいただけます」

「ありがとうございます」

と、生田綾子は言った。「助かります」

「ご案内させます。——雅代」

と呼ぶと、娘の雅代がスーツ姿でやって来た。

「はい、お母さん」

「生田様をご案内して」

「はい。どうぞこちらへ」

生田綾子が案内されて行くと、

「この辺って、山に登る他、見るスポットってないんですか？」

と、亜由美が訊いた。

「こちらに地図が」

と、幹子がカラープリントした手描きの周辺案内図を渡した。

「ありがとう。――裏手に回れば湖か。いい所？」

「ええ、お客様はあまりそちらには。その分、静かですし、このお天気なら、とてもいいと思います」

「行ってみるわ」

と、亜由美は言った。「聡子、着替えて十五分したらロビーね」

「分った」

二人が奥へ入って行くと……。

フラリとコートをはおった中年男が入って来た。

「いらっしゃいませ」

と、幹子はにこやかに、「お泊りでいらっしゃいますか？」

男はちょっと迷ったように突っ立っていたが、

「一泊いくらだ？」

と訊いた。

「色々なタイプのお部屋がございますが」

と、幹子は言った。「ただ、お部屋がほとんど埋っておりまして……。お一人様でいらっしゃいますか?」

「うん」

「小さめのお部屋には空きがございませんので……。今、お泊りいただけるのは、ご家族用のタイプで、一泊四万円のお部屋のみとなっております」

四万円と聞いて、男は目を丸くしたが、

「そうか……。しかし、よそに泊ったんではうまく機会が……」

「は?」

「いや、それでいい。一泊でいいから、そこにしてくれ」

「かしこまりました。お荷物などは……」

「別にない。——ちょっと気が向いてな」

もともと、泊るつもりはなかったのだ。

加納《かのう》は雇われて、生田綾子を殺しに来た。どこか目につかない所で、一発、銃弾を撃ち込めばそれで終り。

すぐに済む仕事だと思っていたから、泊る仕度などしていない。

ところが、「依頼主」から「殺すな」と言われてしまった。

生田綾子が何か大切な「あるもの」を持って逃げているのかもしれない、という。

その点を、生田綾子にしゃべらせてから殺す。――面倒な仕事になってしまった。

「お客様」

と、幹子に言われて、加納は我に返った。

「何だ？」

「恐れ入りますが、宿泊カードにご記入を」

カウンターに置かれたカードを見て、

「ああ、そうか」

と、ボールペンを手にした。

そのとき、

「ワン！」

と、犬がひと声吠えて、加納は飛び上ってしまった。

「何だ！　どこの犬だ！」

あわてて目をやると――何のことはない、ダックスフントが一匹、じっと加納の方を見上げている。

「びっくりさせるな！」

ドキドキしていた。犬が苦手なのだ。

「ドン・ファン、何してるの?」

と、やって来たのは、生田綾子と一緒だった女だ。

「お客様、カードを――」

と言われて、加納は、

「ああ」

と、急いでカードに記入したが――。

しまった!

当然のことながら、人を殺しに来たのだから、カードには適当な偽名を記入するつもりだった。

ところが、ダックスフントに吠えられてびっくりしたせいで、本名を書いてしまった!

「加納様――でいらっしゃいますね」

と、幹子はカードを見て、「恐れ入りますが、フルネームでお願いできますでしょうか」

「そうか……」

とっさのことで、仕方なかった。その場でせめて名の方だけでも嘘《うそ》の名を、と思ったが、思い付かない。

自分の名前を記入するのに考えてしまうのは妙だろう。やむなく、加納は本当の名を記入した。

〈加納瞳《ひとみ》〉

女の子みたい、とよくからかわれた。

少年のころに、悪い仲間に入って家に帰らなくなった後、三年ぶりに家へ行ってみたら、もう両親は住んでいなかった。

両親がどこへ行ったのか、探す気にもならなかった加納は、親のつけた〈瞳〉という名がいやでたまらなかった。

「男と女、どっちが生まれてもいいように」

と、予《あらかじ》め決められていたと聞かされたものだが、「無責任だ！」と腹を立てた。

それでも、名前と縁は切れない。

今の仕事では、専ら〈加納〉だけで話がすむので、フルネームを訊かれることはなかった。このホテルの宿泊カードで、久しぶりに〈瞳〉という名を書いた……。

「ご案内いたします」

と、幹子がルームキーを手にカウンターから出て来る。

加納は、カウンターに置かれていた、ホテル周辺の地図に目をとめると、一枚手に取って、ポケットへ入れた。

生田綾子を、いずれ消さなくてはならない。この近くに、適当な場所があるかどうか、下見する必要があったのだ。

「——こちらでございます」

案内された部屋は、ダブルベッドの他に、布団を敷ける畳の間が付いていて、確かに、家族で泊れる広さだった。

「すぐにお茶をお持ちします」

と、幹子が出て行くと、

「やれやれ……」

と、加納は呟いた。

まさか、温泉で一泊することになろうとは思わなかった！

「四万円か……」

仕事の料金と別に、請求しなくては。

こんな裏の仕事でも、今は「領収証を出せ」などとうるさく言われる。

いわゆる「裏社会」そのものが、昔のような「義理人情」でなく「経営の論理」で動いているのだ。

加納のような人間も、今は少なくなった。同業の先輩から、

「その内、お前のような人間は邪魔にされるようになる。今の内に、他の仕事を見

付けとけ」

と、忠告されたこともある。

しかし――今度のように、堅気《かたぎ》の女を殺すとなると、やはり組織と直接つながりのない加納のような人間に話が回ってくるのだ。

「そうさ……」

まだまだ俺は必要なのだ。

「――お待たせしました」

という声に振り向くと、スーツ姿の若い女が、盆を運んで来た。

「お茶と、当地のお菓子でございます」

と、テーブルに置く。

「そうか」

考える間もなく手が伸びて、皿の和菓子を手に取って食べていた。――加納は一瞬、息を呑《の》んで、

「旨《うま》い！」

と、声を上げていた。

運んで来た女が、笑って、

「ありがとうございます！　お気に召しましたか」

「うん、これは旨い。ここで売ってるのか？」

「はい、玄関前のロビーの脇にある売店で販売しております」

「そうか。じゃ、買って帰ろう」

「お客様、甘党でいらっしゃるんですね」

「ああ。——しかし、酒も飲むぞ。あんころもちを食べながら飲むウイスキーは最高だ」

つい、本気でしゃべっている自分にハッとした。

何を呑気《のんき》なことを言ってるんだ！

殺しをやった後、姿を消して、できるだけ誰の記憶にも残らないようにしなくてはいけないのに、こんな娘を相手に……。

「大浴場はいつでもお入りいただけます。タオルなどは脱衣場にございますので」

「分った」

「何かございましたら、いつでもお申しつけ下さい」

と、にこやかに、「私、ここの女主人の娘で、安藤雅代と申します」

名のられて、つい、

「加納瞳だ」

と、フルネームで応じてしまった！

何をやってるんだ、全く!

「まあ、〈瞳〉さんとおっしゃるんですか。すてきなお名前ですね」

「笑ってもいいぞ」

「どうしてですか?　やさしそうなお客様にぴったりのお名前ですよ」

からかっているわけでもなさそうだ。しかし、そんなことを言われたのは初めてだった。

「では、失礼いたします」

——雅代が出て行くと、加納は苦笑した。

「やさしそう、か」

女を殺しに来たのだと知ったら、そうは言っていられないだろうが。

「——そうだ」

ホテル周辺の地図を見て、裏手に小さいながらも湖があるのを目にとめた。

深いようなら、重しをつけて死体を沈めるという手もある。すぐに発見されたら、泊る予定もなくやって来て一泊した男は目をつけられるかもしれない。

「行ってみるか」

と、加納は呟いた。

5　沼地

小さな部屋だが、自分の城だ。

仲間朋代は、会社のビルのロビーで、下坂素子が刺されるという出来事のあった夜、疲れ切って団地に帰り着いた。

三階の〈301〉。1LDKという狭い間取りだが、一人暮しにはちょうどいい。

駅から歩くので、家賃が安くて助かっていた。

いや、谷山と結婚したら、二人でもっと広いマンションに移ろうと話している。

ただ、谷山は本や資料が大量にあって、今の家から動くのは大変そうだ。

ともかく――その夜は、シャワーを浴びて手についた素子の血を落とすだけで、そのままベッドに潜り込んで寝てしまった……。

素子の父親の下坂刑事が、久保寺のアパートへ行ったが、部屋の中は雑然と散らかっていたという。

おそらく、必要な物だけ持って逃げ出したのだろう。下坂から電話があって、

「くれぐれも気を付けて下さい」

と言ってくれた。

久保寺のアパートから、血痕が見付かっていた。素子の血が、コートから移ったものだろう。

素子の血だと確認できれば、久保寺も手配できるということだった。

――朋代は、次の日は会社を休むことにしていた。

ベッドで目を覚ますと、もうお昼を過ぎていた。

ゆうべはシャワーだけだったので、お風呂に入り直すことにした。

小さな風呂だが、それでも全身をお湯に浸すと、眠気と疲れが流れ出ていくような気がする……。

「そうだわ」

谷山に、昨日の事件について、話しておかなくては。――久保寺のことは話してあったが、まさかあんなことまで……。

谷山が、そのせいで朋代との結婚をためらうのではないか、と心配だった。もちろん、朋代に落ち度があったわけではないと分ってくれるだろう。

大丈夫。きっと分ってくれる。そして、私を慰めてくれるわ……。

朋代は、谷山との結婚式のことを考えるようにした。落ち込んだ気持を、少しでも救いたい。

お湯から出て、バスタオルで体を拭きながら、バスルームを出ると――。

朋代は凍りついた。

ベッドに腰をかけている男——。

「やあ、姉さん」

と、弟の敦士《あつし》が言った。「ドア、チェーンがかかってなかったよ」

「敦士……」

「鍵を開けるの、得意なんだ。知ってるだろ？　古いタイプの鍵だから、危いよ。簡単に開けられる」

「何しに来たの」

朋代はバスタオルを体に巻きつけて、「出てってよ。こんな所に——」

「目をつぶってるよ。それに、よく一緒に風呂に入ったじゃないか。恥ずかしがることないだろ」

「向こう向いてて！」

「はいはい」

敦士が姉の方へ背を向ける。朋代は、まだ濡《ぬ》れた体のまま、急いで服を着た。

「——何の用なの？」

と、朋代は突き放すように言った。「自分で、『二度と会わない』って出てったくせに」

「もう三年も前だぜ」

と、敦士は肩をすくめて、「あのころは若かったからな。カッとなって飛び出したけど……。色々苦労したんだ」

「知ったことじゃないわ」

「冷たいな。仲のいい姉弟《きょうだい》だったじゃないか。ここを捜し当てるのに苦労したぜ」

敦士は、安物ながら背広を着てネクタイをしていた。しかし、勤め人という風ではない。

「――今起きたの？　じゃ、その辺で昼飯でもどう？」

と、敦士は昔のままの笑顔で言った。

朋代は一瞬迷ったが、

「いいわ」

と言った。「その代り、そのまま帰ってよ。ここへは戻らないで」

「それは、話をしてからだ」

と、敦士は立ち上った。

朋代は、部屋の鍵と財布をつかんで、足早に玄関から廊下へ出た。

部屋の中で、敦士と二人になっているのが息苦しかったのだ。ともかく外へ出て、
食堂にでも入れば、周囲に人の目がある。

「――団地を出た所に、ちょっと洒落《しやれ》たイタリアンの店があったじゃないか」

と、敦士は出て来て言った。

「分ったわ。それぐらいはおごってあげる。でも、それきりよ」

そう言って、朋代はエレベーターへと歩き出した。


「クゥーン」

と、ドン・ファンが甘えた声を出す。

それを聞いて、生田綾子はつい笑ってしまった。

「面白い犬ですね、本当に」

と、綾子は言った。「人並みの気持があるみたい」

「人並み以上ですよ」

と、聡子が言った。「自分を犬だと思ってませんから」

「まあ」

ドン・ファンは聞いていないふりをして、湖畔の道を歩いている。

亜由美と聡子がドン・ファンを連れて、ホテルの裏手の湖へ散歩に出ようとすると、ちょうど綾子がロビーへやって来て、同行することになった。

「――湖というほどじゃないわね」

と、聡子が言った。

「でも、池にしちゃ大きい」

と、亜由美が深呼吸して、「森林浴っていうには、そう森が深くないけど」

その湖の周囲の木々は半ば紅葉していて、その光景はなかなかきれいだった。

湖の周りをグルッと回る歩道があって、板が敷いてある。

「板の下はぬかるんですね」

と、綾子が言った。

草地に見えるのが、実は水草で、沼地のようになっているのだ。

「危いわね」

と、聡子が言った。「子供が足を滑らせたら……」

「注意書きでもあればね」

と、亜由美は言った。「ドン・ファン、あんたも用心しなさいよ」

「ワン」

馬鹿にするな、とでも言うように、ひと声吠えた。

綾子が、ふと足を止め、

「沼にはまって、抜けられなくなる……」

と、ひとり言のように呟いた。

「それって……」

「私、そんな風だったんです」

と、綾子は言った。「今はもう……教師じゃありません。教師を辞めさせられたんです」

「何か問題が?」

「ええ。――私立の女子高校で、結構名門とも言われる学校でした」

と、綾子は言った。「担任していたクラスに、馬渕《まぶち》ゆかりという子がいて、とても真面目な、おとなしい子でした。休み時間に、よく私の所へ来て、文学の話をしたりして……。その子が突然、遅刻や早退をくり返すようになったんです。仲のいい子に訊いてみると、どうやら悪いグループの男と親しくなって、呼び出されるらしい、と……。私立の女子校ですから、そういうスキャンダルを最も嫌います」

綾子は少し間を置いて、

「主任の先生からは、『何とか表沙汰にならないように』と言われて、私は早退した馬渕ゆかりの後を尾《つ》けたんです……」

ゆかりは、バーやクラブの並んだ通りを足早に辿っていた。

綾子は、ゆかりを見失わないようについて行くので精一杯だった。

夜になれば、人が集まる盛り場なのだろうが、昼間は閑散として、わびしい道だった。

ゆかりが、フッと姿を消した。

綾子はあわてて駆け出した。

「どこに入ったのかしら……」

小さなドアが三つ並んでいて、それぞれ、どこか怪しげな感じだった。

でも——どうして、ゆかりがこんな所に？

綾子が戸惑っていると、ドアの一つが細く開いて来た。——ここに入ったのかしら？

どうしよう？

外で待っているわけにもいかない。

「そうよ。——私は教師なのよ」

と、自分へ言い聞かせると、思い切ってそのドアから中へ入って行った。

地下へ下りて行く、狭くて急な階段がある。ためらったが、引き返すわけにもいかず、階段を下りて行った。

黒く塗られたドアがある。——こわごわ開けてみると……。

「この人、私の担任の先生よ」

と、馬渕ゆかりが言った。

「馬渕さん……」

一歩中へ入ると、ドアが背後で閉じられた。

そして気が付くと、殺風景な部屋の中で、綾子は七、八人の男たちに囲まれていた。

「先生、いいの？　授業サボって、こんな所に来て」

と、綾子をからかって笑うゆかりは、学校での姿と別人のようだった。

「馬渕さん。一緒に学校に戻りましょう」

と、綾子はじっとゆかりだけを見て言った。

男たちが笑った。

綾子は全く想像と違っていたことに気付いた。ゆかりが、不良グループと付合っている、と聞いていたのだが、今ここにいるのは、不良少年などではない。

大人の、それも一見して暴力団だろうと分る男たちだった。

「なるほど」

と言ったのは、黒いスーツを着た男で、四十代にはなっていようか、男たちの中でも人を圧倒するような存在感があった。

「ね？　真面目そうな先生でしょ？」

と、ゆかりがその男に言った。

「うん。これなら申し分ないな」

「何の話？　馬渕さん──」

「先生、私、これで真面目に戻るから」

「何ですって？」

「代りに先生を連れて来たの。──じゃ、後はよろしく」

「ご苦労だったな」

「とってもいい先生なのよ。ひどいこと、しないでね」

「心配するな。丁重にもてなしてやる」

「じゃ、先生。ごゆっくり」

ゆかりはさっさと出て行く。しかし、綾子は男たちに囲まれて動けなかった。

「──何ですか？　私、教師なんですよ」

必死に強がってみようとするが、恐怖で足が震えるのを止めることができなかった。

「怖がることはないよ。俺は垣内《かきうち》というんだ。この辺じゃ、ちょっと知られてる」

と、スーツの男が言った。「探してたんだよ、あんたのような女を」

「どういう意味です？」

血の気がひいていた。

「まあ、ゆっくり話そう」

腕をつかまれ、奥へと連れて行かれた。

重いカーテンで仕切られた中へ入ると、ダブルベッドがあって、小さなテーブルに、酒とグラスが置いてある。

「乾杯しよう」

と、垣内という男が二つのグラスに酒をついで、一つを綾子に持たせた。

「私……弱いんです」

と、かすれた声で言った。

「これは、ほとんどアルコールの入ってない軽い飲物さ。心配ない。酔っ払われたら話にならないからな」

拒む度胸はなく、一口そっとなめてみると、少し甘く、口当りは悪くなかった。

「仲良くしようじゃないか」

と、垣内は言った。

綾子はグラスの半分ほどを飲んだ。——怒らせて、乱暴されるのが怖かった。

しかし、数秒たつと、急に激しいめまいが綾子を襲った。

「これ……何ですか……。立ってられない……」

よろけて、綾子はベッドに倒れ込んだ。

「心配するな。毒なんかじゃねえよ。天国にいるようないい気持になる薬が入ってるのさ」

垣内は上着を脱いでネクタイを外すと、綾子の上にのしかかって来た。

「やめて……。やめて下さい……」

抵抗しようにも、全身から力が抜けてしまっている。そして、垣内の手が服を脱がして行くのを、どうすることもできなかった……。


「――ひどい奴！」

と、亜由美は言った。「この沼の中へ叩《たた》き込んでやりたいわね」

「私もだらしなかったんです」

と、綾子は言った。「そのときまで、全く男の人を知らなかったので、薬のせいもあって、垣内の思うままになってしまい……。それから垣内の女になって、言うことを聞くようになったんです」

「その垣内って男の目的は何だったんですか？」

「私を、自分たちの仕事での連絡役に利用することでした。警察がまず目をつけることのない人間として、私のような本物の教師が役に立ったんです」

「気の毒でしたね。でも――自殺しようとしたっていうことは、もう垣内と手を切った、ってことでしょ？」

「というより……私のしていることが学校に知れて、教師をクビになったんです。そして、逮捕されるのも時間の問題でした」

「それで……。でも、事情が事情ですもの、警察だって分ってくれますよ」

「ありがとう」

と、綾子は微笑んで、「でも、もう二度と教師には戻れません。生きる意味がないんです……」

そのときだった。

「助けてくれ！」

という声がした。

「ワン」

と、ドン・ファンが吠えた。

「あそこだわ」

男が、沼地になったところに足を踏み入れたらしく、ズブズブと沈みつつあった。

「下の泥に足を取られてるんだわ」

と、亜由美が言った。「聡子、ロープ持ってない？」

「そんな物、持って歩いてるわけないでしょ！」

そのとき、綾子が板張りの歩道を駆け出した。

「綾子さん！　危いですよ！」

と、亜由美が叫んだときには、綾子は男の近くまで行くと、上着を脱いで、板の継ぎ目に片方の袖を引っかけ、自分もその水草の間へと身を躍らせたのである。

「ワン！」

ドン・ファンが駆けつけて、吠えた。

「私の手につかまって！」

綾子は、左手で脱いだ上着の袖をつかみ、右手をその男の方へ伸した。

「どんどん沈んで行く……」

と、男は胸の辺りまで沈んで、もがいていた。

「だめよ！　動けば動くほど沈んでしまうわ！」

と、綾子は叫んだ。「手を伸して！　私の手をつかんで！」

男が精一杯手を伸し、綾子の手を握った。

「そうよ！　放さないで！」

「ワン！」

ドン・ファンが綾子の上着をくわえて引張った。

「頑張って！」

亜由美たちも駆けつけてくると、綾子の上着を二人がかりで引張った。

綾子と男の体が少しずつ引き寄せられ、足が下の固い土を踏んだ。

「大丈夫よ！　さあ、歩いて！」

男が上半身を見せて、板の通路の方へと近付いた。

「――助かった！」

と、男は板の上に這《は》い上ると、仰向《あおむ》けに倒れて喘いだ。

「綾子さん、凄《すご》いわ！」

と、亜由美が感嘆した。「さすが教師ね」

「何とか……やりとげたわ」

と、綾子も板の上に上って、座り込んだ。

「こんなに深いとは……」

と、男が苦しげに息をして、「ちょっと底の様子を見るつもりが……足が滑って」

「気を付けなきゃ！」

と、聡子が言った。「綾子さんのおかげですよ！」

男は目をこすって、

「綾子さん……？」

「ちゃんとお礼を言わなきゃ」

と、亜由美は言った。「生田綾子さん。あなたの命の恩人よ」

「生田……綾子……」

男は呟いた。

殺しに来た相手に救われるとは。——加納はただ呆然《ぼうぜん》とするばかりだった。

6　憎しみ

「今、何をしてるの？」

と訊いてから、仲間朋代は、「別にあんたのことを心配して言ってるんじゃないのよ。迷惑かけられるのはごめんだから」

と、急いで付け加えた。

遠慮なく、一番高いステーキを注文して食べ、ワインまで飲みながら、弟の敦士は、

「冷たいね」

と笑って、「でも姉弟は姉弟さ。そのつながりは変らない。——だろ？」

ワインを飲み干して、もう一杯注文した。

「図々しいわね」

と、朋代が苦笑する。

「そんなこと、言わなくたって分ってるだろ」

「そうね。——お金ならないわよ。あんたがこしらえて行った借金を返すだけだって大変だったんですからね」

「分ってるよ」

「分ってないわよ。いくら返したと思ってるの?」

「僕が借りたのは三百万だよ」

「返すときには一千万を超えてたのよ」

「へえ!　悪どい奴らだな」

「何よ、他人事《ひとごと》みたいに」

と、朋代は腹立たしげに言った。

すると、敦士はアッサリと、

「結婚するんだ」

と言った。

しばらく沈黙があって、

「——何ですって?」

「もう耳が遠くなったの?」

「結婚って……。あんたまだ二十……」

「もう二十六だよ。結婚したっておかしくないだろ」

「年齢の問題じゃないわよ。仕事をしてるの?」

「うん、もちろんさ」

「どう見ても、まともな勤め人にゃ見えないけど」

「サラリーマンなんてごめんだよ。満員電車に揺られて、上役のご機嫌取って、取引先に叱られて土下座して。――そんなことやれっこないだろ」

「誰だって、好きでやってるんじゃないわよ」

「ところでさ、その指環《ゆびわ》――」

言われてハッとする。

「姉さんも結婚するのか。そうなんだろ？」

知られたくなかったが、仕方ない。

「そうよ。もう本決りなの。邪魔しないでね、お願いだから」

と、つい身をのり出す。

「邪魔なんかしないよ。でも、僕も結婚する。金がいるんだ」

「そんなお金……」

「姉さんの相手は？」

迷ったが、どうせ分ることだ。

「大学の先生よ」

「へえ。姉さんにしちゃ意外な選択だね」

「だから、私だってお金がかかるの。あてにしないで」

「そう言わないでさ。せいぜい二、三百万ありゃいいんだ」

敦士の言葉に、朋代は絶句した。

もう肌寒い時期に水に落ちてずぶ濡れになったら、これはもう凍えてしまうに決っている。

〈白亜の家〉の裏手の湖で、危うく溺れかけた加納と、それを命がけで助けた生田綾子は、ともかく大急ぎでホテルへ戻った。

オーナーの安藤幹子がびっくりして、

「どうなさったんですか！」

と、飛んで来た。

「お母さん」

と、娘の雅代が、「ともかくお風呂に」

「そうね。お二人とも、すぐ大浴場に」

綾子も加納も、歯がガチガチ鳴るくらい凍えていたので、どういう状況かはともかくとして、大浴場へと急いだのである。

「——これ、着られないよ」

と、亜由美は、綾子が脱いだ服を取り上げて、「濡れてるだけじゃなくて、泥がべっとり付いてる」

確かに、沼のような所にズブズブと潜りかけたのだから……。

「あの男の人はもっとひどいよ、きっと」

と、聡子が言った。

「だろうね」

〈男湯〉の方へは入れないが、脱いだ服を洗ったところで、とても着られる状態にはならないだろう。

「――仕方ない」

と、亜由美は言った。「二人の着る物を買って来よう」

「とことん面倒みるか、こうなったら」

「そんなこと、お客様にさせては」

と言ったのは、ついて来ていた雅代だった。

「私が買って来ます。お好みまでは分りませんが」

「何だって、裸でいるよりいいでしょ」

と、聡子が言った。

「じゃ、お願いできる?」

「はい、急いで行って来ます」

雅代は駆け出して行った。

「――あの人、男物のパンツとか買ってくるつもりかしら」

と、聡子が言った。

「そりゃそうでしょ。裸の上に上着とズボンだけじゃおかしいよ」

「ワン」

と、ドン・ファンが同意した……。


「ああ……」

と、加納は大浴場のお湯に浸って、しばらくしてやっと生きている気分になっていた。

他に客はいなかった。

「何てざまだ……」

と呟く。

よりによって、殺す相手に助けられてしまった！

しかし――深い泥に足を取られ、身動きできない恐怖。さらには、動こうとすればするほど体が沈んで行く、あの底知れない恐ろしさ……。

思い出すのも辛いほどの経験だった。生田綾子が手を伸して来てくれたとき、必死でつかまった、あの瞬間……。

「どうすりゃいいんだ……」

と、加納はため息をついた。

いくら仕事とはいえ、命の恩人を冷酷に殺せるだろうか？

だが……やらないわけにいかない。もし、

「やりません」

などと言ったら、今度は加納が消されてしまうだろう。

そのとき——。

「大丈夫ですか？」

という女の声が浴場に響いて、加納はびっくりした。

そうか。——隣の〈女湯〉との仕切りの壁は、天井近くに隙間があるのだ。

「あ……どうも」

と、加納はしどろもどろになって、「あの……色々大変で……その……」

「ご無事で良かったですね」

と、綾子が言った。「あ。そちら、他にお客が？」

「いや、一人です」

「私の方も。やっと凍えてた手足の指が、動くようになりました」

「あの……ありがとうございました」

と、加納は言った。「まさかあんな沼地になってるとは思わなくて」

「手すりでも付けた方がいいですよね」

「いや、全くです」

と、加納は言った。

「——私もお礼を言わなくちゃ」

と、綾子が言った。

「私にですか？」

「ええ。——私、学校の教師だったんです。でも、教師にあるまじきことをやって、職を追われました」

加納も、生田綾子のことは何となく耳にしていた。垣内の女だったことも。

「もう生きる意味がない、と思って、私、ここへ死にに来たんです」

加納はギョッとした。——綾子は続けて、

「でも、さっき一緒だった、塚川さんたちに止められて……。それでも、まだ自分なんか生きる価値があるのかしら、と思っていました。それが……」

少し間を置いて、「——あなたを必死で助けたとき、私は心の中で、教師に戻っていたんです。人を救うんだ。私は教師なんだから、と……」

「そうですか……」

「ですから、私からもお礼を」

「いや。しかしやっぱり私の方がお礼を言わないと……」

と、加納は言った。

「じゃ、お互いに言い合いましょうか」

と、綾子はちょっと笑った。

明るい笑い声が、浴場に響いた。それは、何だか熱いスープか何かのように、加納の胸に注ぎ込まれて来た。

しばらく二人とも黙っていた。

ときどき、パシャ、ピシャという水音が、通い合うだけだったが……。

「——でも、困ったわ」

と、綾子が言った。

「どうしたんです?」

こっちも困ってるけどな、と加納は思っていた。

「私、服の替えが……。あの泥まみれの服、もう着られませんよね」

「本当だ!」

加納もやっとそれに気付いた。「俺も着替えがない!」

ついつい、「俺」と言ってしまった。しかし、そのせいか、自然に笑っていたのである。

「参ったな！　下着も何も持ってない」

「あなたも？　でも——まさか死のうと思って来られたわけじゃないですよね」

「違います。ただ……泊るつもりじゃなかったので」

「まあ、私と同じね。このホテルにはとんだ迷惑をかけてしまいましたわ。玄関の上り口とか廊下とか、泥の足跡をつけてしまって」

「ああ、そうか。気付かなかった。さすがは先生ですね」

あまり考えもせずに、そんなことを言っていた。

「元、先生ですよ。——あなたは？　何のお仕事を？」

加納は答えに詰った。何でも適当に言っておけばいいのに、考え過ぎてしまうのだ。

まさか「殺し屋です」とも言えず、

「ちょっと……組の仕事を」

と言ってしまった。

「まあ、国のお仕事？　何か調査に来られたんですか？」

「そんなところです。まあ大した仕事じゃ……」

そのとき、

「お客様」

加納は女の声が脱衣所から聞こえて、びっくりした。

「安藤雅代です。お客様のお召しになるもの一揃《ひとそろ》い、買って来ました。置いておきますので」

「あ、どうもありがとう」

――加納はホッと息をついた。


講義を終えた谷山が研究室へと戻って来ると、

「谷山さん」

と呼ばれて振り向く。

「君……。どうしたんだ？」

仲間朋代が立っていたのである。

「ごめんなさい。突然来てしまって……」

「いや、いいけど……。ずっと待ってたの？」

「そんなに……。三十分くらいよ」

「ここは冷えるよ。待って」

谷山は研究室の鍵を開けて、「さあ、入って」

部屋へ入ってドアを閉めると、

「あなた！」

と、朋代は叫ぶように言って、谷山にしっかりと抱きついた。

「どうしたんだ……。落ちついて。何かあったのかい？」

朋代をソファに座らせ、自分も並んで座ると、朋代が身を投げかけるように抱きついて来た。

「おい、君……」

「何も言わないで。このままにさせておいて」

朋代の声には、ただならぬ切迫した響きがあった。谷山はじっと朋代を抱いていた。

「――ごめんなさい」

と、朋代はしばらくして体を起すと、「何だか……あなたを失いそうな気がして、怖くなったの」

と言った。

「どうしたんだ、一体？」

「お願い。私を捨てないでね」

「おい……。どうしたっていうんだ?」

「今日は、まだ講義が?」

「いや、もう終りだよ」

「じゃ、一緒にいられるわね? お願い。お仕事を忘れて、私のことだけ考えて」

「何かよほどのことだね。——分った。何も訊かないよ。君の行きたい所へ行こう」

「本当に?」

と、朋代が目を輝かせた。「じゃ、私……」

「どこへ行きたい?」

「私、温泉に行きたいわ」

と、朋代は言った。

7　束の間の

「逃がしゃしないぜ……」

と呟いたのは、仲間朋代の弟、敦士である。

辺りは暗くなりかけていたが、外から見上げる団地の棟の三階の姉の部屋。その窓はまだ暗いままだった。

どうせ、いずれは帰ってくる。——朋代のことはよく知っていた。

どんなことがあっても、仕事は休まないだろう。たとえ、こんな弟に困っているとしても。

中に入って待っていようか。

敦士は、鍵を開けるのが得意だった。十代のころ、悪い仲間に入っても、その器用さで重宝され、可愛がってもらった。

ただ、最近の鍵は、手先の器用さだけでは歯が立たなくなっていた。——敦士も、あまり仕事に誘われることが少なくなり、当然、懐具合も寂しくなってくる。

今さら足を洗おうと思っても、地道に勤めに出るなんて生活はとてもできない。

そうなると、頼る先は姉、朋代しかない。

会えば叱られるし、どうやら本当に結婚するつもりのようだ。それでも……。

「俺は弟だ」

そうだとも。一緒に育って来た姉弟なんだ。いざとなれば、決して弟を見捨てやしない。

敦士には確信があった。

表に立ってちゃ寒い。――敦士は建物の中へ入っていよう、と思った。

すると、その棟の入口前に、タクシーが来て停《とま》った。そして、棟から、姉の朋代が、バッグをさげて出て来たのである。

「え……」

敦士は面食らって立ちすくんだ。

朋代が乗り込むと、タクシーはすぐに走り出した。

そうか！　どこかへ出かける仕度をして、タクシーを呼んで、下で待っていたのだ。

だが、普通ならまだ会社から帰る時間ではないはずだが。

タクシーを呆然と見送るしかない。――敦士は、

「畜生！」

と呟いた。

すると、敦士のそばに車がスッと寄って停った。

「乗るかい？」

と、運転席の男が言った。

「え？」

「仲間朋代さんの弟だろ？　乗れよ。タクシーを追いかけよう」

何だかよく分らなかったが、ともかく敦士は助手席に乗った。

車が走り出して団地を出た。

「大丈夫。あの灯がタクシーだ」

と、ハンドルを握った男が言った。

「あんたは？」

と、敦士が訊いた。

「朋代さんの婚約者だよ」

「じゃ――姉さんの結婚相手？」

「よろしく。久保寺というんだ。朋代さんの同僚だよ」

「でも……姉さんは大学の先生と結婚するって……」

「谷山って男だ。君の姉さんを騙《だま》してるんだよ。彼女は谷山って男と別れて僕と一緒になる決心をしたんだ」

「それで……」

「谷山は、おそらく最後にどこかへ行こうと誘ったんだろう。それで、きれいさっぱり別れる、とね。何しろ口がうまいのさ。大学の先生だからな」

「姉さんを見張ってたのかい？」

「何か、悪いことが起りそうでね。谷山は、朋代さんを道連れにして、死ぬつもりだと思う」

「何だって？」

敦士は目を丸くした。

「谷山はそういう男なんだ。ずっと彼女にしつこくつきまとって、彼女は怯《おび》えてる」

「ひどい奴だな」

「このまま、朋代さんの後を尾ければ、必ず谷山と落ち合うだろう。どうだい。二人で朋代さんを谷山の手から救い出そうじゃないか」

「いいよ！　ぜひ力にならせてくれ！」

敦士は頰を染めて言った。

「どうもすみません」

巽口同音に、生田綾子と加納が言って、つい笑ってしまった。

「サイズ、どうですか？」

と、安藤雅代が気にして訊いた。

「ええ、大丈夫です」

綾子は、もともと着替えを持っていなかったので、亜由美たちに付合ってもらって、下着などは買って来ていた。しかし、スーツや靴までは買っていなかったので、雅代が選んで来たのだ。

「俺も、何とか……」

加納の方は、上着にズボンからシャツ、パンツまで丸ごとである。

「少し大きめを選んだんですけど」

と、雅代が言った。

「うん、ちゃんと着られる」

と、加納は言ったが――。

ロビーには、ちょっと微妙な空気が流れた。

「ただ……似合うかな」

と、加納が呟いたのは、雅代が買って来た男物の服が、やや若向きの柄だったからで……。

「でも……いいですよ、加納さん」

と、綾子が言った。

「ええ、とてもすてき！」

と、亜由美が言うと、ドン・ファンが、

「ワン！」

と、ひと声吠えた。

「ドン・ファンもそう言ってます」

笑いが起り、二人の「ファッションショー」は成功の内に終った。

「——ポケットの物、お出ししてあります」

と、雅代が、広げた布の上に、加納の財布や手帳などを並べた。

「ケータイはなかったか？」

「ええ、ありませんでした」

「あの沼に落ちたとき、失くしたんでしょ」

と、亜由美が言った。「捜しに行きます？」

「いや、もうあそこには！」

と、加納があわてて首を振った。

「後、お二人とも靴が泥でひどくなっていましたので」

と、雅代が言った。「サイズを見て、買って来ました。あの靴はたぶんもうはけないと思います」

「ありがとう」

と、綾子が言った。

そのまま玄関へ出て、並べてあった新しい靴をはいてみる。

「ぴったりだわ。ありがとう」

「俺もだ。――それで、この代金は今払った方がいいのかい？」

「あ……。そうですね。できれば……」

「じゃ、待ってくれ」

泥を拭いた財布から加納は札を抜いたが、

「――札が汚れちまってるが」

「大丈夫です。ちゃんと破れずに残ってれば」

綾子は、部屋へ戻って財布を取って来ると、雅代に支払いをして、

「手間をおかけしたから、一枚余分に――」

「とんでもない！　これは仕事ですから」

と、雅代は受け取らなかった。

「そうか」

加納は思わず、「俺はそんなこと考えなかった。さすが先生だな」と言っていた。

「そんな……。やめて下さい」

と、綾子が照れて言った。

「あの――」

と、雅代が土間に二人の泥だらけになった靴を並べて、「一応、泥は落としたんですけど、革がだめになっているようです。置いておきますので、明日にでもまたご覧になって下さい」

「どうもありがとう」

と、綾子は言った。

「――よく働く子ね」

と、神田聡子が、雅代の後ろ姿を見て言った。

「ええ、本当に」

と、綾子が肯《うなず》くと、「何だか、つい生徒を見るような気持になってしまいます」

「――夕食は皆さんご一緒に？」

と、安藤幹子がやって来て言った。

「ぜひ、そうしましょう！」

と、亜由美が言った。

加納は、しかし、複雑な気持で、綾子を見た。

俺はこの女を殺さなくてはならない。

いや、その前に、この女が持っている「何か」を手に入れなくては……。

痛めつけてでも白状させる……。そんなことができるだろうか……。

「――夕食は七時にダイニングルームで」

と決って、綾子と加納は一旦自分の部屋へ戻って行った……。

「ああ、やれやれだわね」

と、聡子が言った。「今度の旅は、ハプニングが多い」

「ワン」

「ドン・ファン、何してるの？」

亜由美が行きかけたが、ドン・ファンが土間に並んだ、二人の泥で汚れた靴のそばに行くのを見て、「どうしたの？」

と寄って行く。

ドン・ファンが足を止めたのは、綾子の方の靴だった。

ドン・ファンが、意味ありげに亜由美を見上げる。

「綾子さんの靴がどうかした？」

「ワン」

前肢《まえあし》で靴の片方を転がすと、底を鼻でつついた。

「この靴が……」

亜由美は、その靴を手に取った。「――別に変ったところも……」

と、いじっていると――パカッと音をたてて、靴の踵《かかと》が外れたのである。

そして、何かが落ちた。

「え?」

亜由美は目を丸くした。


「まあ、そうですか。かしこまりました。どうぞお大事に……」

安藤幹子は電話を切ると、「キャンセルだわ。花嫁さんが、つわりで寝込んじゃって動けないんですって」

「じゃ、あのデラックスツイン?」

「そう。――もう少し早ければねえ」

「私、寝てみようかな」

と、雅代は言った。「男がいないけど」

「何言ってるの」

と、幹子は苦笑して、「じゃ、特別のデザートもキャンセルしなきゃ」

電話が鳴った。

「はい、〈白亜の家〉でございます。——今夜でございますか？　お二人様。——はい、今、ちょうど空きが出たところでございます。ご夕食も。——谷山様でいらっしゃいますね。お待ちしております」

幹子はホッと息をついて、「いいタイミングだったわ！」


「部屋が取れたよ」

と、列車の席で、谷山はケータイをポケットへ入れて、「ちょうど空いたそうだ」

「良かった！」

と、朋代は谷山の腕を取って、「すてきな名前ね、〈白亜の家〉って」

「うん。誰かが話してたのを聞いたんだ」

と、谷山は言った。「いかにも女の子好みのネーミングだと思って、何となく憶《おぼ》えてたのさ」

「ロマンチック、大歓迎だわ」

列車の窓の外はもう真暗になっていた。

8　夕食会

「あら、加納さん」

綾子に呼ばれて、加納は、

「やあ、どうも」

「お土産《みやげ》ですか？」

「まあね」

加納はロビーのそばにある売店を覗《のぞ》いていたのだ。

「何かおいしい物があるかしら？」

「部屋で出してくれた菓子は旨かった」

「そうでした？　私、食べるの忘れてたわ」

「ぜひ食べてみなさい！　実に旨いです！」

と、力をこめて言ってから、「いや……人の好みは色々ですからな」

と、少し恥ずかしそうに言った。

「甘いものがお好きなんですか？」

「まあ……。嘘をついても仕方ない。甘いものの店を見付けると、ついフラフラと誘い込まれて……」

「いいじゃありませんか」

と、綾子は笑って、「私が小さいころは、男の人って外であまり甘いものを食べませんでしたね。見栄《みえ》って言うんですか。ソフトクリームとか、『あんなものは女子供の食べるもんだ』というので」

「確かに」

と、加納は肯いて、「俺も学生のころは、食べたくても我慢してましたよ。でも今はもう――チョコレートパフェだろうが、クリームあんみつだろうが、何でも来い、です」

「それってすてきなことですよね」

と、綾子は言った。「そんなところで無理したって仕方ありませんもの。人は自分に正直に生きるべきです。他人がどう見るか、なんて、気にしてたら生きていけません」

「その通りですな」

と、加納は肯いて、「『誰が選んでくれたのでもない、自分で選んで歩き出した道ですもの』……」

「あら、〈女の一生〉ですね」

「ああ、そうなんですか？」

「ええ、〈女の一生〉ってお芝居の中の有名なセリフです。布引《ぬのびき》けいっていう主人公が言う……。ご覧になったことは？」

「いや、ありません。ただ、TVか何かでやってたのを見ていて、そこのセリフだけを憶えていて……」

自分で選んだ道。――そうだ。俺はこの女を殺さなくては。

それが、「俺の選んだ道」なのだから。

「――このお菓子？　私も買って帰ろう」

綾子は、加納が三箱買うのを見て言った。

「職場の方へのお土産？」

「いや、自分用です」

「まあ凄い！」

と、綾子は目を丸くして、「でも――死のうと思って旅に出て、お土産にお菓子を買って帰るって、変ですね」

と言って、自分で笑ってしまった。

「靴の踵から？」

と、ケータイの向うで言ったのは、亜由美と仲のいい、殿永《とのなが》部長刑事である。

「ええ、そうなんです。何なのか、気になって」

亜由美は自分の部屋で電話していた。

「どんな物ですか？」

と、殿永が訊いた。

「粉末です。白に近いけど、よく見ると、中にブルーの結晶みたいなものが」

「写真を送ってもらえますか？」

「ええ、すぐに」

一旦切って、亜由美は、綾子の靴から出た、ビニール袋にくるんだ白い粉末を写真に撮り、殿永へと送った。

少しして、殿永からかかって来た。

「亜由美さん」

殿永の声は緊張していた。「絶対にとは言えませんが、これは新種の麻薬ではないかと思います」

「麻薬？　そうですか……」

「このところ、日本でこれを扱おうとしている組同士が争いになっています。これは少量ですから、見本として渡されたのではないかと思います」

「それがどうして生田さんの靴に……」

「生田綾子といいましたか？」

「ええ。でも彼女はこの粉末のことは知らないと思いますよ。知ってれば、靴を放っておかないでしょう」

亜由美から事の顚末《てんまつ》を聞いていた殿永は、

「確かにそうですね」

と言った。「しかし、話を聞く必要はありますね」

「元々は学校の先生で、真面目な人なんです。ただ成り行きで、垣内っていう男に使われていて……」

「垣内ですって？」

と、殿永が訊き返して、「その女性は垣内春男《はるお》とつながりが？」

「知ってるんですか？」

「ええ。――亜由美さん、これから車でそちらのホテルに向います」

「着くのは夜中になりますよ」

「構いません。一刻を争いますから」

と、殿永は言った。「生田綾子から、目を離さないで下さい」

「分りました」

通話を切ってから、亜由美は、「何だか、いつも私の行く所、波乱含みね……」

と呟いた。

「クゥーン……」

そばにいたドン・ファンが、同情するように鳴いた。


「誰だ？」

ドアが開いて、鋭く問いかける声がした。

暗い部屋の中で、

「俺です」

と、垣内は言った。

「何だ、垣内か」

明りを点《つ》けると、「よく逃げられたな」

「逃げ足は速いんで」

垣内はそう言って、「どうなってます？」

「ガタガタさ」

上等なスーツを脱いで、その男は言った。

一見したところ、危い仕事を取り仕切っている人間には見えない。

一流企業の重役といったところか。

「前橋《まえばし》さん」

と、垣内は言った。「やっぱり、例の薬はやめた方がいい。手を引きましょう」

「何だ、怖くなったのか?」

と、前橋はソファに寛《くつろ》いで、「ちょっと仕入れりゃ、何億にもなるんだぜ。諦められるか」

「でも、ツイてないですよ」

と、垣内は言った。「俺はこの世界に長く生きて来ました。どんなに儲《もう》かる話でも、どうもうまく行かない、ってことがあるもんです」

「おい、説教か?」

「そうじゃありません。でも、他の組も手を出そうとしてます。今度の手入れは、よその誰かが、うちをはめようとしたのかもしれません」

「お前は心配性だな」

と、前橋は苦笑して、「大丈夫だ。例の薬のサンプルはまだ誰の手にも入っちゃいない」

「というと?」

「どうやら、あの女が持って逃げたらしいんだ」

「あの女とは……」

「お前の女だったんだろ？　元学校の先生だった」

「綾子がですか？」

「うん。まあ、その内分るだろうが」

垣内は首を振って、

「もうあの女は足を洗ったんです。放っときましょう」

と言った。

「そうはいかん。色々なことを知ってるからな」

と、前橋は言った。

「しかし、なぜ綾子が？　そんな物を持ち出しても、何の意味もないじゃありませんか」

垣内の言い方に、前橋はムッとしたようで、

「俺のやり方に不満があるのか！」

「いえ、そういうわけでは……」

と、垣内は口ごもった。

「その辺の事情も、じきに分る」

と、前橋は言った。「加納の奴に、女を追わせた。もう女を見付けてる。痛めつ

けて薬のありかを吐かせてやる」

「加納が？」

垣内の顔色が変った。加納の役割を知っているからだ。

「前橋さん。綾子を殺すつもりですか」

「その前に吐かせてやる。素直に吐けば、楽に死ねる」

前橋はアッサリと言って、タバコに火を点けた。

カチリ、と音がして、前橋は拳銃の銃口が自分へ向いているのを見た。

「垣内、何の真似《まね》だ」

「加納へ電話して下さい」

と、垣内は正面から前橋を狙って、「生田綾子に手を出すなと言って下さい」

「どうかしたんじゃないか？　あんな女一人がどうだというんだ？」

と、前橋は笑って、「もう遅いさ、女は〈白亜の家〉とかいうホテルに泊ってる。加納もそこに泊って、機会を見て女を外へ連れ出すんだ。今さら――」

垣内が引金を引いた。耳を打つ銃声と共に、前橋の耳を弾丸がかすめた。

「ワッ！」

前橋が左耳を押えて、「何をする！」

血が滴った。――垣内は、

「次は顔のど真中を撃つ」

と言った。「早く加納へ電話しろ」

「貴様……」

しかし、垣内が本気なのは伝わった。

前橋はケータイを取り出すと、加納のケータイへかけた。

「――出ない。ケータイがどうかしたのかもしれん」

と、前橋は言って、「またかけてみるか……」

と言うなり、垣内にケータイを投げつけた。

垣内は簡単によけると、二発目を発射した。

弾丸は前橋の顔の真中を撃ち抜いて、前橋の体はゆっくり倒れた。

垣内は拳銃をしまうと、前橋の上着のポケットから車のキーを取り出した。

「車を借りるぜ」

と、一応断ってから、垣内は部屋を出て行った。


「にぎやかでいいわね」

と言ったのは、亜由美の母、清美である。

「うむ」

と、塚川貞夫は深く肯いて、「幸福な家庭とは、こうしたものだ」

「家族じゃないわよ、みんなが」

と、亜由美は言ったが、

「そういう心の狭い人間だから、恋人に振られるのだ」

「あ！　そういうことを父親が言うの？　傷ついている娘に向って！」

「それだけ元気なら、とっくに傷は治っとる」

「ワン」

「ドン・ファンまで、何よ！」

と、亜由美はふてくされていた。

夕食のテーブルを囲んでいるのは、塚川家の三人プラス一匹と、神田聡子、生田綾子に加納。

確かに、これを「家庭」と呼ぶのは無理があったかもしれない……。

「では、乾杯しよう」

と、貞夫が言った。「乾杯の発声は――そうだな、あんたにお願いしよう」

言われたのは、加納だった。

「え？　――いや、俺はそういうのは苦手で」

と、加納はあわてて言った。

「人間、何ごとも初めてということがある」

と、貞夫が言った。「遠慮することはない。心の内を素直に語ればいい」

「はあ……。しかし……」

まさか、人を殺しに来ました、とは言えない。

「さ、早く」

と、綾子が隣の加納をつつく。

よりによって！

「――あの、俺は――私は、ちょっとした仕事で、ここへやって来ました」

と、加納は言った。「しかし、どうしたものか迷っています。私は……」

何を本当のことを言ってるんだ！

「人間は、努力する限り迷うものだ」

と、綾子は言った。「ゲーテの言葉です。あなたが迷っているのは、人間として成長している証拠です」

そう言ってから、綾子はちょっと笑って、「いやだわ！　つい先生口調になっちゃって」

「あなたは先生に戻るべきですよ」

と、清美が言った。「あなたの天職でしょう」

「ありがとうございます。でも……」

「あの——ともかく、乾杯！」

と、加納が言ったので、大笑いになった。

そして、にぎやかに夕食が始まったのだが……。

「——お二人様です」

と、雅代がダイニングへ客を案内して来た。

「いらっしゃいませ」

と、幹子が迎えて、「あちらの窓際のお席をご用意してあります」

「どうも」

「すてきな造りですね」

二人は、歩き出したが——。谷山が足を止めた。

亜由美の、スープを飲む手も止った。

「ワン」

と、ドン・ファンが鳴いた。

「まあ谷山先生、こんな所で」

と、清美が言った。「お元気？」

9　食卓

「ワインをいただくわ」

と、朋代が言った。「あなたもね」

「うん……。まあ……一杯だけ……」

と、谷山は言った。

「そんな！　二人でボトルを取りましょうよ」

と、朋代はソムリエを呼んで。「ワインリストを」

――亜由美は、

「私、ワイン飲むわ。聡子も飲むでしょ」

と、押し付けるように言った。

「ええ……。でも、酔っ払わない？」

「酔ったからどうだっていうの？　うんと酔ってやる」

「亜由美、やけにならないで」

「誰がやけになってるって？　私はいつもの通りよ。ちっとも変っちゃいない」

「分ったわよ。じゃ、グラスで一杯だけね」

ない。


と、聡子はため息をついた。

しかし——亜由美が酔いたくなる気持も分らないではない。

失恋した相手が、婚約者と同じホテルへやって来たのだ。ショックでないわけがない。

「どうかしたんですか？」

と、綾子が心配そうに訊いた。

「いえ、何でもないんです」

と、亜由美が即座に答えた。「全く、何でもないんです！」

しかし、綾子も、亜由美がここへ旅して来たいきさつは聞いていたので、谷山たちの様子、そして聡子の目配《めくば》せで、おおよそのことは察した。

「いや、旨い！」

と、全くその場の様子に気付いていない加納は、料理に感動していた。「僕もワインを」

「甘いものじゃなくてもいいんですか？」

と、綾子が言った。

「酒だって強いんです。任せて下さい」

何を任せるのかよく分らなかったが……。

亜由美の両親は上機嫌で、

「いや、こうして大勢で食事するのはいいものだ」

「本当ね。いつも亜由美が危いことばっかりやってるから、平和な気分で食事することなんか、めったにないものね」

「何よ、自分の娘のことを」

と、亜由美はふてくされて言った。

今だって、充分に危いのだが、亜由美も、谷山と朋代のショックで、殿永に言われていたことなどすっかり忘れていた。

「あ、ワインが来た！　聡子、乾杯！」

「亜由美……。ああ、そんな勢いで飲んだら……」

亜由美はグラスの白ワインを一気に飲み干してしまった。そして、

「もう一杯！　今度は赤で」

「料理がもっと来てからにしようよ。ね？」

「料理？　そんなものいるか！　私には酒があれば充分！」

やたら威勢のいい亜由美だった。

「金がいるのか」

と、久保寺は言った。

「ああ。——せいぜい三百万もありゃいいんだ」

と、敦士は言った。

久保寺と二人、谷山と朋代をつけて、〈白亜の家〉に入るのを確かめた。

そして、

「みんな、酔って温泉に入って眠る。そうなりゃ、何があっても起きやしないさ」

と、久保寺は落ちついて、「腹ごしらえしとこう」

というわけで、二人は駅前の食堂に入っていた。

ホテルの料理とは大分差のある、カツ丼、天丼というところだったが、

「腹が減ってたんだ」

敦士はカツ丼とソバのセットを平らげて息をついた。

「——三百万くらいなら、何とかしてやるよ」

と、久保寺は言った。

「本当かい？」

と、敦士が目を輝かせて、「できれば五百万あると……」

「いいとも。それぐらいの金が自由にならなくて、男と言えるか」

と、久保寺はニヤリと笑った。

もともと金などない久保寺だ。空手形なら一千万でも一億でも出してやる。

「姉さんもいい気なもんだな」

と、敦士はビールを飲みながら、「何が〈白亜の家〉だ。いかにも女が喜びそうな名前のホテルだな」

「谷山は遊び人で有名なんだ。何人も女子学生を引っかけてるって評判だよ。そういう女の子が喜んでついて来そうな場所はよく知ってるのさ」

と、久保寺はそう言って、「今夜で、そんなプレイボーイ気取りもおしまいだ」

「だけど、谷山って奴をどうするんだい？」

と、敦士が訊いた。

「なあに、ちょっと脅してやりゃ、震え上って、気絶するかもしれない。そんな姿を見りゃ、朋代さんだって、いや気がさす。一度はびっくりするかもしれないが、後で俺たちに感謝するさ」

「うん。そうだな」

と、敦士は肯いた。

〈白亜の家〉という言葉が耳に入って、垣内は、その二人の会話にじっと耳を傾けた。

年上の方の男の口から出まかせを、若い方はすっかり信じ込んでいるようだ。かなり頭の中は空っぽの様子だ。

もう一人は、垣内の目にも、ちょっとまともでない印象だった。

目つきは、どこか蛇のような暗い光があって、何かとんでもないことをやろうとしている雰囲気が全身に漂っていた。

この二人が〈白亜の家〉に行く？　しかも、何かやらかそうというのだ。

垣内は、車を飛ばして、一旦〈白亜の家〉に着くと、生田綾子が泊っていることを訊き出していた。

しかし、まだ無事らしい。

加納が綾子に何かするとしても、客が大勢起きている間は無理だろう。

垣内も、まさか当の二人が仲良く一緒に食事しているとは想像していなかった。

「――そうか」

垣内は、近くでカツ丼など食べている二人が、ホテルの中で騒ぎを起こせば、自分も動きやすくなる、と思った。

綾子を助ける？　――垣内は、自分が彼女のためにここまでやるとは思っていなかった。

しかし、教師の職を失った綾子は、生きる気力も失っていた。

綾子を愛人にしている間に、垣内は自分でも意外なことに、本気で綾子に惚《ほ》れていたのだ。

しかし、自分の手もとに引き止めていては、綾子は不幸になるばかりだ。

あの薬を巡って、他の組と争いになり、警察がそれを好機に手入れに入った。垣内は、綾子を逃がし、自分も何とか逃げのびた。

しかし、今、加納が綾子を狙っている。

俺が——俺が守ってやらなくては。

「お茶のおかわり、いかがですか?」

顔を真赤にした十七、八の女の子が、エプロンを付けて、大きなヤカンを手に立っていた。

「ありがとう。いただくよ」

垣内は、他人に向って、こんなにやさしい口をきいたことはないような気がした……。

「ごちそうさま」

と、朋代は言って、席を立った。「谷山さん……」

「うん」

谷山も立って、二人は手をつないで、ダイニングを出て行った。

「二人で部屋のお風呂に入りましょうね」

と、朋代が言うのが聞こえた。

――亜由美たちのテーブルでは、まだ食事が続いていた。

「亜由美……」

「何も言うな」

亜由美はワインを三杯飲んでいたが、さっぱり酔えなかった。

それはそうだろう。――恋人だった谷山が、婚約者とはいえ、他の女と二人で風呂に入る。もちろん裸で（当り前だが）。

そして、二人は……。

私は？　私はどうして一人なの？

亜由美はドン・ファンへ、

「一緒にお風呂に入る？」

と訊いたが、ドン・ファンは聞こえなかったふりをして、そっぽを向いた。

10　交錯

　食事を終えて、亜由美の両親は部屋へ引き上げて行き、亜由美はロビーのソファで一休みした。

「私、もう一度、入ってくる」

と、聡子は言った。「亜由美、どうする？」

「後でね。――少しここにいるよ」

「そう？」

　聡子が大浴場へ行ってしまうと、

「すてきな食事でしたね」

と、生田綾子がやって来た。

「ええ、うちはいつもにぎやかで……」

「ワン」

　――はて？　生田綾子のことで、何かすることがあったような……。

　ボーッとした頭で、亜由美は考えていたが……。

「やあ、すっかり腹一杯になりました！」

と、加納がやって来た。

「本当、よく召し上ってましたね」

と、綾子が言った。

「こんなに食ったのは久しぶりです！　いや、いつも一人で食べているので。大勢で食べるってのはいいものですな」

「ええ、本当に。人間、誰でも一人で生きてるわけじゃないってことが分りますね」

と言ってから綾子は照れたように笑って、

「私、また先生をやってるわ」

「ひと風呂浴びよう。——どうです？」

「ええ、私もそう思ってましたの」

「じゃ、行きますか」

綾子と加納が大浴場へ行くのを、亜由美は見送って、

「フン、いいわね。みんな二人ずつで」

と言った。「私だって、ドン・ファンと二人よ。ねえ」

「ワン」

何となく気のない声だった。

大浴場のある地階へ下りて行くと、綾子と加納は、他に人のいない廊下を歩いて行った。

空気はひんやりとしていた。酔ってほてった体には心地《ここち》よく……。

いつの間にか、綾子は加納と手をつないで歩いていた。

自然、同時に足が止ると、綾子は加納の腕に抱かれて、二人はキスしていた。

「――加納さん」

「俺は……こんなことに向いてないんだ」

「好きになるのに、向くも向かないもありませんよ」

と、綾子は言った。「いいわ。ここは私、先生に戻ります。――加納君！　お風呂を出たら、待ち合せて、二人で一緒に寝ましょう！」

「はい」

と返事をして、加納は笑ってしまった。

そして、二人は〈男湯〉〈女湯〉に分れて入って行った。

考えないようにしよう……。

そう思うと、ますます考えてしまう。

今ごろ、谷山と朋代は……。

「だめ！　考えるな！」

と、自分を叱ってみるものの――。

「ね、ドン・ファン。私はいつも殺人事件を命がけで解決して来たわ。それなのに、どうしてこんな目にあわなきゃならないの？」

「クゥーン……」

「これが私の宿命なのかもしれないわね。一人寂しく、生きて死ぬ。――そうね、何しろもうトシだし……」

「ワン」

「何よ。あんたよりは年上よ」

と言ってやって、脚を組むと、スリッパが片方飛んで行ってしまった。「いけね」

取りに行ったが、重たいソファの裏側に落ちてしまったのだ。

「全く、もう！　こんなときに……」

スリッパに当っても仕方ないが――。

「ちょっと……。そんな所に……」

ソファの裏側へ入ろうとしたが、狭い。何とか体で押して、壁との隙間を広げると、這って行って、スリッパをつかむ。

「谷山と朋代の部屋は分ってるんだ」

という声が聞こえて、びっくりする。

「風呂へ入ってるんじゃねえか？」

と、もう一人が言った。「姉さん、風呂が好きだからな」

姉さん？　亜由美はその二人の話に耳を傾けた。

「いや、谷山のことだ、女を一刻だって放したくないさ。部屋へ行こう。下手《へた》に誰かに見咎《みとが》められたら厄介だ」

「うん。そうだな」

亜由美は苦労して後ずさりすると、やっとソファの裏から抜け出した。

「──今の、何？」

谷山と朋代とは、あの二人に違いない。

一人は朋代の弟らしいが、もう一人は……。

どう見ても、あの二人、怪しい。

「ドン・ファン。どこ？」

キョロキョロ見回していると、廊下の奥で、

「ワン」

という声。

今の二人を追って行ったんだ！

亜由美はあわてて声の方へと——。

「亜由美さん！」

びっくりして振り向くと、殿永が着いて、玄関へ入って来たところだった。

「あ、そうか」

殿永に頼まれてたことを、すっかり忘れてた！

「生田綾子は？」

と、殿永が言ったが、

「今はそれどころじゃないの！」

「え？」

「一緒に来て！」

亜由美は殿永の手をつかんで引張った。

「どこへ——」

「いいから来て！」

亜由美はドン・ファンの声の方へと駆け出した。

〈女湯〉を出ると、綾子はそこのソファに座った。

加納はまだ出て来ていないようだ。

体がほてっていた。――温泉のせいでもあるが、それだけではなかった。

思いもかけず、男と寝たいという気持になった。突然そう思ったのだったが、理屈ではないだけに、むしろ自然に受け容《い》れることができた。

私の部屋で？　それとも彼の部屋で？

そんなことを、わくわくしながら考えるのは初めてのことだった。

「どっちだっていいわ。二人で一緒にいることが大切なのよね」

と呟いて、「やっぱり先生みたいかしら、私って……」

〈男湯〉から、加納が顔を真赤にほてらせて出て来た。

「やあ……。待ったかな」

「いえ、ほんの二、三分」

綾子は立って、「行きましょう」

と言った。

「ああ……。いいのかい、あんたは」

「今さら言わないで。心を決めたのよ。もう引き返せない」

「そうだな……」

綾子は、しっかりと加納の腕を取って、歩き出した。

そして、突然、行く手を遮る人影に気付いて、足を止めた。

「まあ」

綾子は目をみはった。「垣内さん！」


「ここだ」

と、久保寺はドアの前で足を止めた。

「びっくりするだろうな」

と、敦士が言った。

「お前が呼んでみろ。俺は隠れてる」

「ああ」

敦士は、その部屋のチャイムを鳴らした。

久保寺は壁に身を寄せて、そっと右手にナイフをつかんだ。

敦士がくり返しチャイムを鳴らすと、

「何だ、一体？」

と、ドアが開いて、谷山が出て来た。「君は誰だ？」

「中の女に用があってね」

と、敦士は言った。「姉さん、出て来いよ！」

奥から、浴衣の前を合せながら、朋代が出て来ると、

「敦士！　何の用なの？」

と、愕然《がくせん》として敦士を見た。

「君の弟か」

「ええ、でも——。どういうつもり？」

そのとき、

「用があるのはこっちだよ」

と、敦士を押しのけて、久保寺が入って来た。

「あなたは……」

「逃げられると思ったのか？」

久保寺の手のナイフを見て、敦士が、

「おい、何するんだ？」

と、目を丸くした。「あんたは——」

「殺される！」

と、朋代が後ずさる。

「おい、あんた、谷山を——」

と、敦士が言いかけると、

「邪魔するな」

久保寺はナイフで敦士の腹を刺した。

「敦士！」

敦士がよろけて倒れる。

「こんな奴にやってたまるか！」

久保寺が、朋代へ向って行った。

「止まれ！」

と、鋭い声が飛んだ。

久保寺が振り返る。同時にドン・ファンが駆けて行くと、久保寺の足首にかみついた。久保寺がうずくまった。

殿永が駆けつけると、ナイフを取り上げて、「傷害の現行犯だ！」

「谷山先生、フロントに電話して、救急車を！」

と、亜由美が言った。

「ああ、分った」

谷山が電話へ駆け寄る。

「敦士！」

朋代が、腹から血を流して呻《うめ》いている弟のそばへ膝をついて、「どうしてこんなこと……」

「姉さん……。助けて……」

敦士が泣きながら言った。「死にたくねえよ……」

「出血を止めて」

亜由美がシーツをはがして来て、敦士の傷口に当てたが、たちまち血に染っていく。

「殿永さん、ごめんなさい」

と、亜由美が言った。「生田綾子さんは——」

「うん、今はともかく……」

殿永は手錠を出して、久保寺をタオル掛けのポールにつないだ。

ホテルの人間が駆けつけて来る。

「垣内さん！　どうしてここへ？」

と、綾子は言って、垣内が拳銃を手にしているのを見ると、「この人は関係ないのよ」

と、加納から手を離した。

「綾子、そいつから離れろ！」

と、垣内が言った。

銃口が加納へ向いているのを見て、綾子は、

「やめて！　この人は――」

「そいつはお前を殺しに来た、加納って殺し屋だ」

と、垣内は言った。

「まさか……」

綾子は、固い表情の加納を見て、「――本当なの？」

綾子は青ざめて、よろけた。

「俺はあんたを殺さない」

と、加納は言った。「殺せと言われて来たのは本当だ。でも、とても俺にはできない。――垣内さん、俺を殺してくれ」

「加納……」

「この人を殺さなかったら、俺は当然殺される。ここであんたに撃たれても同じだ」

「そうか」

垣内が引金を引く。

「やめて！」

綾子が二人の間に飛び込んだ。

「——綾子」

銃弾は綾子の脇腹に当った。

「大変だ！」

加納は青くなって、「垣内さん、この人を殺さなくたっていいんだろ？　早く傷を……」

「ああ……。綾子！　お前、この加納を——」

「垣内さん……。この人は……私の生徒なの……」

「何だって？」

「私のたった一人の生徒……。殺さないで」

と、綾子は苦しげに言って、ぐったりと倒れた。

「——ワン」

と、犬の声がして、

「垣内！　銃を捨てろ！」

駆けつけて来た殿永が拳銃を構えて言った。

「——あんたか」

垣内は殿永の方へ向くと、「ずいぶん早いじゃないか」

「その女性を追って来たのか?」

「俺の女だった。元はな」

垣内は拳銃を投げ出すと、「ともかく、早く手当してくれ。急所は外れてるはずだ」

と言った。

「救急車に二人を乗せなきゃ」

と、亜由美が言って、駆け出した。

そこへ――。

〈男湯〉から、塚川貞夫が出て来ると、

「――何だか騒がしいね」

と言った。

〈女湯〉から清美が出て来て、

「また、いつものように、亜由美がいるとろくなことが起らないわね」

と、首を振った。

「ワン」

ドン・ファンが吠えたのは、異議を申し立てたのか、同意したのか……。

エピローグ

「結局——」

と、亜由美は言った。「どっちも、殺されるはずじゃない人が血を流したのね」

病院の廊下は明るく日が差し込んでいた。

仲間朋代の弟、敦士、生田綾子、そして、ドン・ファンに足首をかまれた久保寺も入院している。

もっとも久保寺は手当がすんで、今日の内に、パトカーで東京へ送られることになっていた。

「——どうも」

殿永がやって来た。

「何か分りました？」

「生田綾子さんの話で、他の組が殴り込んで来たとき、同じサイズの他の女の靴を間違ってはいて逃げたんだと分りました」

「じゃ、わざと持ってたわけじゃないのね」

「そういうことです。彼女はもう完全に足を洗ったんですよ」

「加納さんも、彼女を殺さなくて良かったわ」

「ふしぎなものですな、男と女の仲というのは」

エレベーターが開いて、手錠をかけられた加納が刑事に伴われて降りて来た。

「——綾子さんが、ぜひ会いたいとのことでしてね」

と、殿永が言った。

亜由美もついて病室へ入ると、ベッドから綾子が加納に手を振った。

「もう一度会いたくて」

と、綾子は言った。

「あんたに会えて良かった」

と、加納は言った。「幸せになって下さいよ」

「幸せよ、今でも」

と、綾子は言った。「あなたの代りに撃たれて、痛かったけど、教師にとっては、生徒を命がけで守るのは誇っていいことですわ」

「俺はまだ生徒？」

「ええ。ずっと、これからもね。面会に行くから、何を話すか、考えておいて」

「面接試験かな？」

「その通り」

綾子は手を伸して、加納の手を握った。

「キスしてもいいわよ」

と、亜由美が言った。「ね、殿永さん？」

殿永は咳払《せきばら》いして、脇を向いた。

加納たちを見送った亜由美に、

「塚川さん」

と、声をかけたのは、仲間朋代だった。

「朋代さん。弟さんはどうですか？」

「ええ、何とか……。若いから、治るでしょう。でも——あんな弟と、久保寺みたいな男と……。私は、谷山さんにふさわしい女じゃありません」

と言うと、深々と頭を下げて、「谷山さんをどうかよろしく」

そう言って、弟の病室へと戻って行った。

「何よ……」

と、亜由美は呟いた。「谷山先生はサッカーボールじゃないんだから、自分の好きな方へ転っていくわ」

「亜由美……」

振り向くと、当の谷山が立っていた。

「先生、大学の方はいいの？」

「代りを頼んで来た」

と、谷山は言った。「僕は……」

「今は、朋代さんの力になってあげて。とても辛いはずよ」

「うん……。いずれ、また……」

「時間が必要ね。私もよ」

と、亜由美は谷山と握手をして、「単位の方はよろしく」

と付け加えた。